Chinatsu
Aono

魔王のツンデレ花嫁

～恋愛革命 EX.～

青野ちなつ

Illustration

香坂あきほ

B-PRINCE文庫

※本作品の内容はすべてフィクションです。
実在の人物・団体・事件などには一切関係ありません。

CONTENTS

魔王のツンデレ花嫁

「それじゃ、行ってきます」

未尋《みひろ》が花束を抱えて店を出ると、通りすぎる人が引かれたように花へと視線を寄越してきた。

ビルに囲まれた街で日頃せわしなくすごしている人々が、季節にふと気付く瞬間というのはこんな時なのかもしれない。花の配達でオフィス街や商業ビルを訪れるとよく同じような表情に出会うが、そんな時、まるで自分が季節を告げるメッセンジャーになった気がして、未尋はほんの少し誇らしい気持ちになる。

特に未尋が勤めるフラワーショップは他の店舗より季節に根付いた花がよく入荷される。珍しい輸入花や味わいのある茶花《ちゃばな》もふんだんに取り寄せられるため、花好きでなくとも人目を引くようだ。今抱えている花束も豪奢《ごうしゃ》なバラの他にチューリップやスイートピー、ラナンキュラスといった春告げの花々が配されており、独特の色彩バランスと美しさはさすが今巷《ちまた》で一番人気があると評されるフラワーデザイナーらしいものだった。

「うわっ……」

ビルの裏口へと続く角を曲がると、とたんに吹き付けてきた強いビル風に鳶色《とびいろ》の髪を乱されて、未尋は首を竦める。抱えている花になるべく風が当たらないよう必死で体の向きを変えるが、百六十センチちょっとの身長に華奢な体格では、自分の体を盾に風を防ぐのは難しかった。ばさばさとセロファンが大きく音を立てるのが傷つく花の悲鳴のようで耳に痛い。

「それに、寒《さむ》い……」

たまらず、未尋は小さく呻《うめ》いた。

ほんの数日前までは配達にコートは欠かせなかったのに、三月に入った今日は日差しも暖かかったせいで今の今まで自分がコートを着忘れていたのに気付きもしなかった。

白シャツに黒のズボン。オリーブ色のタブリエエプロンという未尋の格好に、通りすぎていく女性こそが寒そうに顔をしかめたのを見た。

「でも春なんだよな。この仕事についてもう三ヶ月になるんだから」

つい先日ようやく試用期間も終了し、ショップ店長であり師事するフラワーデザイナーでもある浅香《あさか》からスタッフの一員としてこれからも頑張ってくれと言われたことをにまにま思い出す。

フラワーデザイナーのアシスタント、それも見習いという立場の未尋がやれることはまだ少なく、清掃や雑用やこうした花の配達くらいだ。未だろくに花にも触れさせてはもらえないけれど、何の知識も持たないままこの世界に飛び込んだせいか花の知識やときにはその名前さえ怪しいような未熟ぶりを思えば当然の扱いだろう。

それでも仕事は忙しい。暖房を使えないから冬の時期は寒さもつらいし、先輩アシスタントにはこき使われ、給料は雀の涙。人によってはくさるような環境かもしれないが、未尋は今何もかもが楽しくて毎日が充実していた。

よいしょと、ずり落ちてきた大きな花束を慎重に抱え直す。と、ヒヤシンスの香りが鼻先をかすめて、未尋の唇にふんわり笑顔が咲いた。つり上がり気味の眦《まなじり》がわずかに下がり、引き結んでいる唇が緩《ゆる》むと、きつめの表情が和らぐせいか未尋の顔はずいぶん幼いものになる。

小さな顔に不釣り合いの大きな目が年齢を下げてみせる要因だが、バランスの取れた配置のせいでちょっとした美少年に見えるらしい。もっとも、二十歳にもなろうというのに美少年扱いされても嬉しくはない。だから正面から歩いてきたＯＬが見とれるように自分を注視しているのに気付くと、未尋はつんと顎《あご》を上げてみせる。

『そんな様子が猫だって言うんだよ』

しかし、先日同じしぐさをして笑われたことを思い出し、とたんに苦々しい気持ちになった。

瞳の色が薄いせいか、それとも瞬《まばた》きも少なくじっと見つめるクセがあるためか、昔からよく猫に喩《たと》えられた覚えはある。けれど、あの男は猫に似ているとからかうだけにとどまらず、まるで猫そのもののように未尋のことを呼び始めたのだ。

思い出すだけで腹立たしいあの男とは――。

「遅かったな、みー。待ちくたびれたよ」

劇場の通用口から続く地味な廊下に不釣り合いな男が、倚りかかっていた壁から体を起こして近付いてくる。

「げっ」

つい今しがた憎々しく思い浮かべていた人物の登場に、未尋の口からは意図しない声が飛び出していた。

「あれ。今、み－の口からとんでもない言葉が聞こえた気がするな」

形のいい眉の片方をわざとらしく上げる男に、未尋は顔をしかめる。

憎らしいほどすらりとした長身の男だ。長めの黒髪を後ろへと流し、上質なスリーピースを身に付けてもの柔らかに話す姿は、一見上流階級に属する好人物に見えるかもしれない。しかし、精緻《せいち》に整った顔立ちに浮かぶ妖しくも甘い微笑みがそれを裏切っていた。眼差しひとつで人を従えてしまうような威風や危ういフェロモンを派手にまき散らす色悪な雰囲気は、夜の住人を統《す》べる王といった貫禄で、未尋の警戒心はすぐさまマックスまで跳ね上がる。

「まったく、一流のフラワーショップ『スノーグース』にあるまじき態度だね。いったい浅香はどういう教育をしているのか」

しかも、今は黒瞳に浮かぶ意地悪っぽい光が、男をひと癖ある人物としてさらに魅力的に見せていた。普通は質を下げるような俗っぽい表情が逆に男としての格を上げるのだから、顔がいいというのはどこまでも得だ。

要するに、意地悪をするときの顔が一番輝いて見えるってヤツだよなっ。

心中で悪態をつきながら、未尋はそっぽを向く。

「おれ、何か変なこと言いましたっけ?」

「おやおや。『記憶にございません』とは、政治家の常套句《じょうとうく》じゃないか。みーは花屋だよね? フラワーデザイナーのアシスタント。しかもまだお尻に卵の殻を付けているようなヒナヒナで…」

「っ…わかったよ。謝ればいいんだろ。『げっ』なんて言って、すみませんでしたぁっ」

「うーん、可愛くないところが可愛い。しかも、ずいぶん気持ちがこもってない『すみません』だね。それでは、おれはとうてい受け入れられないな。もっと誠意を見せてくれないと」

耳に優しい穏やかな口調なのにヤクザのような言いざまで迫ってくる男に、未尋は花を抱えたまま壁際まで追いつめられてしまった。

「さて、どんな誠意を見せてもらおうか」

おそらく百八十センチは超えているだろう男に覆い被さられると、未尋などすっぽりその陰に隠れてしまい、ことさら自分の身長の低さが露呈《ろてい》されるようで非常に気に食わない。しかも男はそれだけにとどまらず、吐息が頰に触れるほど顔を寄せてくるから焦った。

たまらず——。

「だ、だからっ。すみませんって言ってるじゃないか。いい加減に離れろよっ」

追いつめられたネズミよろしく、男を力一杯に押し退けた。

「だいたい冬慈《とうじ》さんってネチネチしつこいんだよ。いっつも人の言葉尻をとらえて意地悪して。いい加減にしろよな、そういうのって性格が悪いって言うの。自覚しろっ」

顔を真っ赤にして声を張り上げると、目の前の男——八重樫《やえがし》冬慈は残念そうに肩を竦める。

「たいした猫パンチだ。せっかくだからお詫びにキスでもしてもらおうと思っていたのにな。みーのファーストキスはやっぱりおれがもらっておきたいしね」

「なっ…何言ってんだよ。ファーストキスなんてとっくに済ませてるよっ」

「ふぅん？　ちゃんと舌を絡めた濃厚なヤツだよ？」

「しししし、舌を絡める？　っ…そうだよ。舌を絡める濃厚なファーストキスなんてとっくの昔に経験済みだっ」

どうだとばかりに胸を張る未尋だが、ふと——周囲の人たちからじろじろと見られていることに気付いた。自分がとんでもないセリフを叫んだことを自覚して、かっと顔が熱くなる。

「ばかっ。ばかばか、冬慈さんのばかっ。あんたが変なことを言うからみんなの前で恥ずかしいことを言ったじゃないか」

花束に埋もれるように顔を隠す未尋に、弾けるような笑い声が上がった。

「あー、いいね。可愛いな、みーは。ファーストキスを本当に経験していればそんなにむきにならないはずなのに、バレバレだよ。未経験だよね？」

それも指摘され、未尋はぐうの音も出ない。

未尋を猫のように『みー』と呼び、からかうことを信条としているようなこの男は、未尋が師事する浅香の親友だ。未尋の働くフラワーショップが入っている大型複合ビルのオーナーでもある冬慈は、まだ二十九歳だというのにビルの上階でレストランと会員制バーも経営している。週に二回、浅香がそこのフラワーアレンジメントのメンテナンスを行うせいか、同行する未尋もいつしか冬慈と顔見知りになった。

いや、顔見知りというよりもう天敵だ。

「もういい。そんなことより、『みー』なんて猫みたいに呼ぶなって何度も言ってる。いい加減聞けよな。あんたなんて大嫌いだ。ほら、注文の花。『ちゃんとお届けしました。だから早く受け取れよ、お客さまっ』。んで、ここにサインな」

有名人もお忍びで来店するという飲食店を経営する冬慈だから、今日千秋楽《せんしゅうらく》を迎えるキャストの中に花を贈りたい常連の客でもいたのだろう。

「はいはい、おれのみーは口が悪い上に乱暴だな。ま、そこも可愛いけど」

「勝手に所有格をつけるな」

「みーはおれの未尋だろ？」

じろりと睨《にら》むと、お返しにやけに艶っぽい眼差しを寄越されて、未尋は言葉につまる。

だめだ、このフェロモン過多な口達者とまともにやり合おうと思っては……。

相手にする方がばかを見ると、未尋はあえて慇懃《いんぎん》な態度をつくって後ろに下がった。

「本日は『スノーグース』をご利用いただきましてありがとうございました。また次回もよろしくお願いします」

「――そんな棒読み口調で言われてもね」

苦笑する冬慈にようやく気が晴れた思いがして、このまま勝ち逃げしようと未尋はさっさと背中をむけて歩き出した。

「待って、みー。明日の『ラグラス』の花、白木蓮《はくもくれん》をメインにして欲しいって浅香に伝えておいてくれ。近々、白木蓮が好きなお客さまがいらっしゃるんだ」

「そんなこと、前の日にいきなり言われても絶対無理っ」

振り返りざまに未尋は乱暴に言い放つが、冬慈は「だめ元でいいから」と穏やかに笑うばかり。言葉とは裏腹に、自分の言うことが叶えられないなどつゆほども疑っていない態度だ。

ほんと、性格悪っ。

未尋は悔しさに奥歯をぎりぎり嚙みしめる。

クライアントの要望を違《たが》えるわけにはいかないというサービス業の弱みに存分につけ込んで

いるわけだ。やんわりとした態度でわがままを貫き通す。冬慈はいつもこうだ。

腹黒ってのはこんなヤツのことを言うんだろうな。

「わかりました。無理難題を押し付けられたって浅香先生に伝えてみます」

捨て台詞のように吐き捨てて今度こそ踵《きびす》を返した未尋だが、しかし冬慈はさらに追い打ちをかけてくる。

「あぁ、そうだ、未尋。迷子札はきちんと首に提げているんだろうね？」

「だから、おれは猫じゃないっ」

鼻の頭に盛大にシワを寄せて、未尋は憎たらしく舌を出してみせた。


ナウゥ――…。

古ぼけた階段の下で自転車にロックをかけていると、足下に温かいものがすり寄ってきた。

「何だ、モモ。今日も締め出されたか？」

ぶるりと体を震わせたグレーのトラ猫を両手で抱え上げ、未尋は階段を登り始める。

「昼間は暖かかったのに、夜になるとやっぱり寒いよなぁ」

胸にある温かい存在に、未尋はついつい独り言がもれてしまう。

「ん、おまえもそう思うって？」

タイミングよく返事をした猫に未尋は小さく笑った。

アメリカンショートヘア系の雑種だと思うが、細身美人のモモは隣家で飼われている猫だ。このアパートを経営する老夫婦でもある彼らは夜が早くて、モモの帰宅が遅いとたまに締め出しを食らうことがある。そんな時、未尋のところへ一夜の宿を求めにくるのだ。

「ちゃんと足を拭いてからだからな」

足を簡単に拭《ぬぐ》ってモモを床に下ろすと、勝手知ったる我が家とばかりにこたつへ歩いて行く。が、こたつが暖かくなかったからか、不満げな声を上げた。

「あぁ、ごめんごめん」

未尋は苦笑して電源を入れる。ぶぅんと鈍《にぶ》い音を立ててこたつが仕事を始めたのを見届け、ようやくリュックを下ろして小さな写真立てを振り返った。

「ただいま、母さん」

写真立ての中の母は、両手いっぱいのカーネーションを抱えて笑っていた。

母が亡くなったのは五ヶ月前のこと。未尋が高三の冬に病気で倒れてから、二年弱の闘病生活の末だ。元々母子家庭だったために未尋はとうとうひとりぼっちになったのだが、母が亡くなった当初はホッとした気持ちの方が強かった。もちろん母には長生きして欲しかったが、病気のせいで強い痛みにずっと苦しみ続けていたため、死去してようやく痛みから解放されるのだと安堵したのだ。痛みに顔を歪める母を見るのは本当につらかった。

母が亡くなって未尋に残ったのは、この小さな部屋と病気治療のために知人を介してした借金。たいした額ではないけれど、花屋のアシスタントの卵という未尋が支払っていくには十分苦しい。それでも、ひとりという身軽さゆえに何とか生活出来ていた。

「売れ残りの花を買えるぐらいにはさ」

リュックから取り出した開きすぎのチューリップを浅香の手つきを思い出しながらグラスに飾ると、ジーンズのビスポケットから小さなノートを取り出す。

「っと、今日扱ったディモルフォセカは……ん、こんな感じかな」

自室で唯一の暖房器具であるこたつに潜り込むようにして、未尋は休憩時間中に撮った写メを参考に花をスケッチしていく。花の表と裏で色が違うとか、水揚げがよくないため深水《ふかみず》や湯上げをした方がいいとか花について聞きかじったことも事細かに記した。

昔は花屋にはいつも同じ花ばかり並んでいると思っていたけれど、実際勤めてみると季節が進むごとに驚くほど多くの花が入れ替わっていく。店に立つたびに新しい花がお目見えしていて、あまりに覚えることが多すぎて未尋は帰宅したらすぐに今日触れた花をこうしてノートに残すようにしていた。昔から絵を描くのが好きで得意だったからだが、こうして出来た自分だけの花辞典はなかなかいい感じに仕上がってきた。

他にも、浅香が作ったアレンジメントをスケッチした勉強用のノートもある。まだ商品の花には触らせてもらえないけれど、売れ残りの花を使って浅香が未尋にレッスンをしてくれることもあって、そんな日には大判のノートがあっという間に埋まっていくほどだ。

もう十冊を数えるノートは、母の遺影の前に大切に積んでいる。

「昔は花なんておれは大嫌いだったのに、人生ってわからないものだよなぁ」

細かく描きこんだ花辞典を眺めながらしみじみと呟いた。自分で口にしたにもかかわらず、『人生』などと大げさすぎる言葉に、未尋は苦笑する。だが、浅香真紀《まき》というフラワーデザイナーに出会ってから、未尋の世界は本当に何もかもが変わってしまった。

昔――街の小さな花屋で働いていた母は、未尋をひとり部屋に残して朝から晩まで働いていた。小さな部屋でひとりで留守番をする日々は心細かったり寂しかったりで、何度も母を求めて泣いた記憶がある。しかもそんなにあくせくと働いても、給料はほんのわずか。未尋の幼少時代は給食費さえ払えないときもあるような惨めなものだった。

『花が大好きなの。生き甲斐なの。ごめんね』

留守番で寂しかったり同級生たちにばかにされたりで涙する未尋に、母がいつも口にした言葉だ。けれど母がそれを口にするたび、未尋は花を嫌いになっていく。花は、未尋を苦しめる象徴でしかなかった。

あの頃の自分が花屋に勤める今の姿を見たら、きっと信じられないと目をむくことだろう。

未尋が苦笑いを浮かべたとき。

ナァウ――…。

こたつに潜り込んでいたモモが半身を外に出し、訴えるように鳴き声を上げた。

「何だよ。体が温まったら次はごはんだって？　言っておくけど、カリカリとか贅沢なものはここにはないんだからな」

それでも青い目でじっと見上げられると、未尋はいそいそとキッチンへ行かざるをえない。

「ごはんはもう食べてるよな？　だったらニボシでいいよな？　なんて、ニボシしかないんだけど。でも、ほんのちょっとだけだぞ」

母親が亡くなり、未尋は天涯孤独の身。ひとりになって、ずいぶんひとりごとが増えた気がする。猫相手に本気で会話をしてしまうのだから。

でも、寂しくなんかないんだ。今、おれは夢に向かって邁進《まいしん》しているんだから。

歪みそうになる唇を無理やり引き上げて、ニボシにかじり付くモモの額を優しくかいてやる。

「おれも母さんの子供だったんだよな」

今——未尋は母の意志を継ぐようにあれほど嫌いだった花を扱う職業についている。ましてや、食事を切りつめるほど困窮を極める生活を送っていても、花という世界から離れたくないと思ってしまうのだから本当に不思議だ。

こたつの上にある花辞典を見ると、作った笑顔も本物へと変わっていく。

「それに、楽しいんだよね。毎日が」

笑みをたたえたまま、未尋はもう一度花辞典に向き合った。

未尋が勤めるフラワーショップ『スノーグース』は都心の一等地に建つ三十七階建ての複合商業ビルの一階にある。夏は涼しげな木陰が人気の中庭を有するビルには、中規模だが私設の美術館まで入っており、昨年のオープン時にはテレビや雑誌を大いに賑《にぎ》わせた。

そんなビルの一階と二階を有する華やかなフラワーショップのせいか、花やグリーンもランクの高いものが取り揃えられている。二階では花器やガーデニンググッズなどの雑貨も取り扱っており、店舗の規模が大きいためか従業員も多い。中庭越しに光が差し込む明るい店内ではスタッフたちがきびきびと仕事をこなしていた。

未尋も配達をふたつ終えて戻ってきたばかりだが、頼まれて店内の清掃に取りかかる。

「未尋。教室の準備がまだだったぜ。早く終わらせてこい」

細身の体のどこにそんな力があるのか、枝ものが入った大きな壺を抱えて浅香が奥から出てきた。未尋はすぐに飛んで行って、足元の視界がききにくいらしい浅香のフォローをする。

「もうすぐ生徒さんがいらっしゃる時間だ。ちんたらやってるとすぐに時間は来ちまうぜ」

男であるのに美人フラワーデザイナーだと雑誌に取り上げられるほど繊細な美形の浅香だが、実際はなかなかに口が悪く、性格もさばさばと潔《いさぎよ》い。特に仕事に関しては決して妥協を許さないので人によっては厳しすぎると言うが、未尋にとってはそんな面こそ尊敬出来るところだ。

もう少しで蹴り飛ばそうとしたマリアンヌボルドーの花びんを寸でのところで浅香の足元から掬《すく》い上げてまた置き直す。

「っと、悪い」

「いえ。それじゃ、すみませんが奥に入ります」

店でも一番の下っ端である未尋はアシスタントというより今は雑用係といった立場ではあるが、少しでも浅香の役に立てるように今日もコマネズミのように動いていた。店の二階にあるスペースで行われるフラワーアレンジメント教室の準備は、未尋の大事な仕事である。掃除をして机と椅子を配置したところで、教室で使うらしい花を持った背高《せいたか》の男が入って来た。

「まだ準備も終わってないのか。仕事も出来ないくせに一丁前にサボってんじゃねぇよ」

声高に怒鳴りつけるような男の言葉に、未尋は内心眉をひそめる。

洒落たスカルアイテムのシルバーチェーンをつけたメガネが印象的な男は、先輩アシスタントである沢田《さわだ》だ。フランスの有名な花学校の日本校を卒業し、大きなフラワーデザインコンテストで賞を取ったという鳴りもの入りでこの店に来たためか、まだ入って半年の新人アシスタントなのに態度が大きい。特に未尋にはことさら当たりがきつかった。

「すみません。でも、おれはサボってなんかいません」

準備してあった花器をテーブルに並べていきながら未尋は小さく唇を尖らせる。

「あぁ？　サボってたからまだ準備が終わってねぇんだろうが。いったいこの時間まで何やってたんだ。役に立たないんならさっさと辞めちまえ」

メガネの奥にある細い目は未尋を睨んでいるように鋭《するど》かった。未尋を嫌悪していることを隠しもしない。

「……すみません」

もともと気の強い未尋だからケンカ口調でものを言われるとつい言い返したくなるけれど、ここが大事な仕事場であるのを自覚しているので、いつもぐっと我慢している。

「それでも謝ってんのか。んだよ、その目は」

しかしそんな態度さえ沢田は気に障るようで、乱暴に花を放ると未尋へ向き直った。

「だいたい、おまえは――」

「何ケンカしてんだ、準備は終わったのか」

沢田が声を上げたとき、入り口に浅香が顔を出した。

「上行く時間だろ。ふたりとも仕事を終わらせてとっとと準備しろ」

「はいっ、すみません」

浅香の言葉に未尋が急いで歩き出すと、背後で舌打ちが聞こえた。

どうしてこれほどまでに自分を嫌うのか。おそらく、アシスタントと名前がつきながら未尋が何も出来ないせいだろう。

未尋自身、ろくに役にも立てない自分が毎日のようにアマチュアからプロまでアシスタント志望者が押しかけてやまない浅香真紀の元でなぜ働いていられるのか不思議だった。

いや、一度浅香から聞いたことはある。

どうも、未尋が浅香の亡くなった弟によく似ているらしいのだが、それだけの縁でここまで自分によくしてくれるのかと、聞いたときは逆に身が引き締まる思いがした。だからこそ、ここで面倒を起こして浅香に迷惑をかけたくないし、辞めるような事態は絶対に避けたかった。

普段以上に言動が慎重になるのはそのせいだ。

カートに乗せた花器や花たちに注意し、前を歩く沢田をここぞとばかりにこっそり睨みながら未尋は最上階のバーへ入っていく。

限られた人間にしか店の存在を知らされないという会員制バー『ラグラス』は、夜になるとさぞやと思える上品で華やかな空間である。秘密のラグジュアリーバーをさらに上質なものへとグレードアップさせるのが、浅香の作るフラワーアレンジメントだ。

雑誌でもよく取り上げられるカリスマフラワーデザイナーであるため、ブランドショップや一流ホテル、はては企業の受付スペースなど、浅香のアレンジメントを欲しがるところは多い。依頼の半分は断っているのに、それでもいつ寝ているのか不思議になるほど浅香は忙しかった。

そんな中でもバー『ラグラス』とその階下にあるイタリアンレストランは、浅香が大事にしている仕事先のひとつだ。

「沢田、奥の白木蓮を取って。そっちじゃない」

大ぶりの花器に迷いもなく花を生け込んでいく浅香の手元を、未尋は食い入るように見つめた。奔放で、しかし清冽なほど潔く、まるで浅香自身のような心惹かれる装花だ。

「やっぱり白木蓮はいいね。清楚で凛としている。ちょっと浅香に似ているところもいいな」

作業を終わらせてふっと息をついた浅香の肩にするりと絡みついてきた腕があった。

キザな口調は言わずと知れた未尋の天敵――。

「薄い肩だな、相変わらず。ちゃんと食事は取ってるか？　浅香は、夢中になるとすぐ食事を忘れるからね。おれが手ずから食べさせてやろうか？」

ほっそりとした浅香の隣に並んだフェロモンをまき散らす美丈夫に未尋はすぐさま反応した。ずかずかと駆け寄ると、浅香の肩に触れる不埒な腕を引きずり下ろす。

「なに堂々と触ってんだ。浅香先生に触るな、セクハラだぞ。いや、パワハラだ！」

ずいっと首を上げて、美丈夫の顔を睨みつけた。が、当の本人は楽しげに唇を引き上げるだけ。それどころか、

「パワハラなんて、みーはずいぶん難しい言葉を知っている。えらいな？」

やんわりとした口調で腹立たしいもの言いをしてくる。こんなふうに未尋をからかうのはひとりだけ。先日劇場のバックステージで会った冬慈だ。

浅香とは学生時代からの親友で、その縁もあって自分が所有するビルに浅香のフラワーショップを誘致したらしい。目が回るほど忙しい浅香なのに、冬慈の店のフラワーアレンジメントはその要望さえ律儀に聞き入れて引き受けているのは、お礼代わりもあってのことだろう。

けれど、未尋はそれが嫌でたまらなかった。

冬慈は親友という立場を利用してこうして浅香にセクハラをするからだ。あいつ流の冗談だからと浅香は笑って取り合わないが、未尋には冬慈が浅香を狙っているようにしか見えない。

だから自分が浅香を守るんだという使命感に駆られて、未尋はついいつも力が入ってしまう。

「ばかにすんなっ。いいから、先生から離れろよ。冬慈さんはこっちに移動――」

浅香から距離を取ろうとぐいぐい押していた冬慈の広い背中が、しかし目の前でくるりと方向転換した。

「――へ…」

未尋の正面に向き合った冬慈の腕が大きく左右に開かれたのを見たとき。

「みーも痩せすぎだ。が、この腕にすっぽり収まるちんまりした感じは悪くない」

未尋は冬慈の広い胸に抱きしめられていた。

「……っ」

あまりの暴挙に、未尋の思考は一瞬にして動きを止めてしまう。

「みーの髪はいい匂いだな。花屋にずっといるせいで、香りが移るのか？　それともシャンプーの匂いか。まるで女の子みたいな香りがするよ、まったくおれ好みだ」

呆然とする未尋の髪の中に鼻先を埋めるような冬慈は、ぺたぺたと大きな手で未尋の背中を撫で回してくる。

「っ、ぎゃーっ」

ようやく我に返った未尋は、力一杯冬慈を突き飛ばした。

「触るなっ、触れるなっ、近付くなぁっ」

自らの体を抱きしめるように腕を回して警戒態勢に入る。しかし冬慈はどこまでも未尋をからかうつもりなのか、形のいい唇を左右に大きく引き上げた。

「それほどおれを意識してくれるのか。嬉しいね」

薄く笑みを刷いた冬慈の顔にしたたるような官能的な色がのる。

「……っ」

鼻先に残っていたのか、その瞬間冬慈のオークモスのコロンが強く香り、不覚にも自らの心臓が早駆けを始めたことに未尋は地団駄《じだんだ》を踏みたくなった。

「だ、だ、だ、誰があんたなんか意識するかっ。いいか、男でも女でもどっちでもいいなんて節操のないヤツは、浅香先生の半径五メートル以内には絶対近付かせないからなっ！」

「じゃ、未尋だったらいいのか？」

「よくない。近付くのも触るのも禁止」

「だったら抱きしめるのはＯＫだね」

「それもだめに決まってるだろっ」

「案外みーはけちだな。けちは男の価値を下げるんだぞ。モテるためには心を広く持たないと」

わざと心配した顔を作ってみせる冬慈に、未尋はぎしぎしと奥歯を軋《きし》らせる。

「――本当に仲がいいな、おまえたちは」

さらにヒートアップしそうなふたりの会話に呆れたように割り込んできたのは浅香だ。

「仲良くなんかないですっ」

「妬いてるのか？　浅香」

そんな浅香への返答はまったく正反対のものだったけれど。

「未尋、冬慈の冗談に乗せられない。ほら、もう終わったから後片付け。未尋の出番だ」

不埒なことを口にする冬慈に未尋がまた眉をつり上げるのを、浅香は苦笑してたしなめる。冬慈は楽しげに未尋を見下ろすばかりだ。

「すみません。すぐに」

もう一度冬慈を睨みつけたい思いをぎゅっと心の中に押し込めて、未尋は花器の周りに散ったゴミを手早く拾い集めていく。

「ったく、なに遊んでんだよ。さっさと仕事しろよ、役立たずが」

舌打ちとともに沢田の呟きも落ちてきて、未尋はもう一度ぐっと奥歯を噛みしめた。

その日、未尋が早番勤務を終えてロッカールームから出たのはまだ明るい時間だった。

「――ハサミですか？　知らないですね」

「沢田さんの花バサミってあれでしょ？　職人さんがシリアルナンバーを入れて売り出したっていう特別なヤツ。ないんですか？」

事務所がやけに賑やかだと思ったら、沢田が普段使っているハサミがないと騒いでいた。

タブリエエプロンに必ず差している花バサミは、フローリストにとってなくてはならない大切な道具のひとつだ。未尋も母の形見の古いものだが常に携帯している。

「おい、白柳《しろやなぎ》。おまえ、知らないか」

ずいぶん高価な花バサミだといつも自慢していた沢田は、普段の険悪な態度も忘れたように未尋にも訊ねてくる。当然未尋も知らないと返答するが、返事をしながら、沢田にはものをよくその辺に置きっぱなしにする癖があるのを思い出していた。

そういえば、今日は『ラグラス』でアレンジメントの日だったな……。

冬慈の経営するイタリアンレストランとバーで沢田とともに浅香のアシストについたことを思い出すと、未尋はそっと歩き出した。

もしかして、置き忘れているのではないか。

日頃の沢田の言動には腹立たしいものがあるけれど、だからといって自分も同じことをするのはだめだろう。沢田は今日は閉店までシフトが入っている。おせっかいとは思ったが、どうせ後は帰るだけだからと未尋はエレベーターへ向かった。

「それでしたらオーナーが預かっておりますので、上のバーへご案内いたします」

最初に訪れたレストランで当たりを引き当てた。が、その場でハサミを渡してはくれず、冬慈がいるらしい『ラグラス』に通じる螺旋《らせん》階段へ案内されてしまい、未尋は渋々ついていく。

しかも最初に未尋が名乗ったとき、支配人が瞠目したあと小さく微笑んだのも気になった。まるで未尋のことは以前から何か聞き及んでいると言わんばかりの反応だ。

冬慈は自分のことをスタッフたちに何か話していたんだろうか。

未尋はしんなり眉を下げながら、豪奢な螺旋階段を上っていく。

「何だ、みーの花バサミだったのか」

開店前だからだろう。シャツに三つ揃いのベストだけを羽織った冬慈が、案内されてきた未尋に顔を上げた。その少し前——理知的な眼差しでペンを走らせ、怜悧で静謐《せいひつ》な雰囲気さえ漂わせる青年実業家さながらの冬慈の姿に、未尋がつかの間見とれたのは内緒だ。テーブルいっぱいに書類を広げていることから察するに、仕事中だったらしい。

「おれのじゃない。沢田さんのだ」

一時でも天敵である冬慈をかっこいいと思ってしまったのが悔しくて、ひどくぶっきらぼうな口ぶりになった。それでも、花バサミを持ってきてくれたスタッフには丁寧に礼を言う。受け取った美しい曲線を描くハサミに、これが職人が作ったものかと少しだけ見とれたが、刃先が荒れているのが気になってふと眉を寄せる。

あまり手入れはしていないのかな……。

「沢田くんって、みーをいつもいじめている男の子だろ？　何でみーが取りにきているんだ。使いっ走りにされた？」

「違う。おれが勝手に来ただけ、もしかしてここに忘れてるんじゃないかと思って。それにいつも意地悪されてるからってハサミに罪はないだろ。おれたちフローリストにとっては大切な商売道具なんだから」

言いながら、未尋は花バサミを丁寧に自分のハンカチで包んでいく。

「――未尋はいい子だな」

柔らかい声に顔を向けると、頬杖をついた冬慈が未尋を見上げていた。

夕闇に柔らかい間接照明が灯された店内は、いつしか色めいた大人の空間へと様変わりしていた。ラグジュアリーな秘密のバーで、スポットライトで照らされたフラワーアレンジメントが妖しいくらい色っぽく浮かび上がっている。

そんな空間の主である冬慈でさえ、いつもと違う顔を見せていた。自分の時間である夜が満ちてきたからか、未尋を見上げる眼差しには甘い色香が揺らめいて見える。長い足を斜めに組み、しなやかな体軀を気だるげにソファに投げ出す冬慈は、人を危うくもなまめかしい闇の世界へと誘う夜の帝王めいた貫禄さえ醸《かも》し出していた。精緻に整った顔には甘いだけではないもの憂げな翳《かげ》も感じて、それが大人の男として魅力的に映る。

「い、いい子って何だよ。子供扱いするなっ」

セクハラやからかいを繰り返すいつものちゃらちゃらとした姿や先ほどのエリート然とした様子とは違う大人の色香に未尋は一瞬のまれかけた。が、唇を強く嚙んで何とか踏みとどまり、力尽くではねのけた。冬慈を睨み付け、未尋はことさらきつい声を上げる。

「それにっ、さっき——支配人から変に笑われたんだからな。いかにもお噂はかねがねって感じだった！　あんた、おれのことを何て支配人に話してんだよ」

「みーはおれの可愛い子猫ちゃんだから店に来たらフリーパスでよろしく——って、こらこら、暴力はよくないな」

ふざけた返答に、未尋は拳を握ってしまった。未尋の様子にオーバーに体を引いてみせる冬慈の口元には、楽しげな笑みが浮かんでいる。からかわれて腹を立てるけれど、それでもようやくいつもの天敵同士な雰囲気に戻って未尋はホッとしていた。

「それにしても、未尋は案外よく気がつく。頑張り屋で気遣い屋だけど、たまには力を抜いた方がいいんじゃないかな。おれが甘やかしてやろうか。可愛がってやるよ」

「うるさい、セクハラ男っ。もういい。帰るから」

「あぁ、待って。今、浅香に渡す書類を作っているんだ。悪いがついでに持って帰ってくれないか。すぐに終わるから、何か飲んで待ってて。ビールでいいかな。それとも、みーが好きな酒があれば作ってあげるよ。もう帰るだけなんだよね？　その格好」

「おれは未成年ですぅ、お酒は飲めないんですぅ」

わざと抑揚をつけて嫌味っぽく口にする。

「それは失礼。じゃ、今何歳なんだ？」

「十九歳。でももうすぐ二十歳になるけど。もういいだろ。おれ、早くこれを沢田さんに渡したいんだ。ずいぶん探し回ってたから。それに、あんたの使いっ走りなんかしたくない」

「そんなつれないこと言うなよ、もう時間もかからないから。ほら、待つ間にこれでも見てて」

差し出されたのは、さっきハサミと一緒にスタッフに持ってこさせた大判の本だった。表紙を飾るのは英字とオールドローズの写真だ。

「何、これ？」

手に持ったままだったハサミをワンショルダーバッグの外ポケットに突っ込むと、渡された本をめくっていく。

「わ、ぁ……」

どうやらバラの写真集らしい。

「それも浅香に渡して。イギリスでバラ園を経営する個人が自費で出版した本らしい。あいつがずっと探していたヤツだから」

その声にひどく優しい気配を感じ取り、もしかして冬慈は本気で浅香を好きなのかとふと考えた。もし本気なら、未尋が普段やっていることは冬慈にとっては妨げでしかないのに、どうして彼は自分を煙たがることもなくいつもこうして笑ってくれるのか。何だか自分だけがすごく悪いことをしているように思えてちくちくと胸が痛くなる。

そういえば自分は冬慈に言いたい放題言っているが、それは冬慈が未尋の生意気な言動を許しているから成り立っていることで、本来なら立場上絶対許されない態度だ。実際、未尋も最初からこんな風にケンカ口調だったわけではない。小さなやりとりを繰り返して、遠慮がなくなっていった感じだ。同じように苦手意識がある沢田に同じことをすれば、その場で職場をたたき出されることは必定だろう。

性格が悪いと思っていた冬慈だけど、人としては寛容で大人の余裕を見せるけっこう優秀な人間なのではないか。そんな冬慈が本気で浅香を好きなのだ。もしかして、本当にひどいことをしているのは自分の方かもしれない。人の恋路を邪魔しているのだから。

ずしんと重くなった胸に手を当てかけ、しかし未尋はすぐにその手を握り込んだ。

いや――たとえ冬慈が本気で浅香のことを好きでも、一方的な好意の押しつけはやってはいけないことだ。だったら、自分もこれまで通り冬慈のセクハラから浅香を守ろうと心に誓う。

考えてみれば、冬慈は浅香だけではなく自分にまで変なセクハラをしかけてくるのだから、やはり冬慈の思いは真剣なものではないはずだ。

それに思いいたって、未尋はホッと息をつく。

しかし、そもそも冬慈も浅香も自分も同じ男であるのに恋愛だの何だの、いつの間にこんな柔軟な考え方を持つようになってしまったのか。あの男が毎日のように可愛いだの好きだの口にするせいで知らぬ間に洗脳されていたのかもしれない。

そう思うと、知らず唇を尖らせていた。

ほら、だから冬慈さんなんて大嫌いなんだ。浅香先生にはちょっかいかけるし、おれにもセクハラパワハラお構いなしだし、おれの価値観だってこんな簡単に変えてしまうんだから。

「どうした、さっきから百面相しているけど。そんな難しい顔で見るような箇所があったか？英語が読めないところがあるなら教えてあげるよ」

未尋ははっと顔を上げる。やけに優しく話しかけられたせいで、心中で冬慈は天敵だと再確認していたことが後ろめたく思えて、未尋は乱暴に写真集を閉じた。

「これ、浅香先生に渡せばいいんだよな。もう行くっ」

「待って、未尋」

未尋は写真集を持って歩き出す。後ろで呼び止める声がしたが、聞こえないふりをした。

何もかもあいつが悪いのに、何でおれが逃げ出さなきゃならないんだよ。

あの男が性根から悪い人間だったら何も考えずただただ嫌いでいられたのにと、気付いてしまった冬慈の人となりに未尋は複雑な思いを抱く。

「あれ、未尋くん。帰ったんじゃなかったの?」

ショップに戻ると、迎えてくれた花の香りにほんの少し気持ちも静まる気がした。

「今は事務所に行かない方がいいよ。沢田くんがえらくピリピリしてるから」

奥へ行こうとした未尋に親切にかけられた声に頷き、ワンショルダーバッグを背中から下ろしながら扉を開ける、が。

「イライラして私らに当たらないでよっ」

勢いよく事務所から出てきたショップスタッフとぶつかって、未尋は思わずバッグを取り落としてしまった。

「白柳?　何の用だ……って、何でおまえがおれのハサミを持ってんだよっ」

きつい声に見ると、バッグの外ポケットに突っ込んでいた沢田のハサミが包んだハンカチの隙間から姿を見せていた。

「あぁ、これ――…」

拾い上げようとした未尋の手をはたくように、沢田が一瞬早くハサミを取り上げる。

「やっぱりおまえだったんだなっ。おれのハサミを盗ったのは」

「は？　ちょっ……違うっ」

「何が違うだ。おれも、おまえが一番怪しいって疑ってたんだ。近くにいるからいつだって盗む機会はあるし。それにおまえ、まともな花バサミを買う金もないだろ。いつもすげぇぼろいの使ってるもんな」

黒ぶちメガネの奥にある細い目が、きりきりと未尋を睨みつけてきた。

「違うって言ってる。これは――っ」

「うっせ、こうして証拠は挙がってんだ。とっとと白状しやがれっ」

まるで鬼の首を取ったように沢田が未尋を追いつめてくる。違うと何度も言うのに、元々未尋をよく思っていなかった沢田だから、未尋の言うことなど聞こうともしなかった。

せっぱつまった状況にふと昔のことが思い出されて、未尋の心が暗く陰る。口の中に苦いものがいっぱいにあふれてきた気がして唇を歪めた。

幼少時代、未尋が育ったのは閉鎖的で小さな街だった。母子家庭というだけで偏見の目で見られることも多くて、加えて困窮した生活を送っていた未尋はクラスでいじめにあってしまった。日常的に繰り返される陰口や仲間はずれに何度も傷つき悔しい思いをした。

今でも忘れられない、あの事件が起こったのは小学校五年生のとき。いじめの首謀者だった少年から泥棒に仕立て上げられてしまったのだ。自分で使い込んだ給食費を未尋が盗ったと嘘をついたため、緊急に開かれたクラス会でつるし上げられてしまった。未尋がどんなに違うと主張しても、クラスのリーダー格だった少年を思ってか誰も味方にはなってくれず、それどころか非難の声はエスカレートする一方で。信頼していた担任でさえ「お家が大変かもしれないけれど泥棒はいけないことなのよ」と諭《さと》してきたとき、未尋は諦めて口をつぐんだ。

あの子は貧乏だから。

あの子には父親がいないから。

弱者であるゆえに、ありもしない罪をなすりつけられて謂《いわ》れもなく蔑《さげす》まれる。浴びる冷たい視線に、口さがない人の声に、小さかった未尋は対抗するすべもなく、ただただ自分を守るために心を尖らせるしかなかった。

今も、まるであの時みたいで足が震えてくる。

「――だから違うって言ってます」

抵抗する声が小さくなっていく。きゅうっと喉が狭《せば》まり声が出しづらくなったせいだ。胸が苦しくて、冷たくなった手を胸の前で強く握り込んだ。

もしかして、あの時の出来事が自分でも思いもしなかったほど大きくトラウマとして心に巣食っていたのかもしれない。

弁明したいのにうまく言葉が出てこなかった。心が混乱しすぎて言葉が紡げない。

「何、何の騒ぎだ。店内まで響いてるぜ」

その時、顔を出したのは浅香だ。

「先生、聞いて下さい。泥棒ですよ。こいつ、おれの花バサミを盗ったんです。おれがずっとないって探してたのに、こいつ、こっそりバッグに隠してたんですよっ」

「未尋が？」

沢田の言葉に、浅香が眉を寄せて振り返ってくる。

「違います。おれはそんなことしていません」

「じゃ、何でおれのハサミを持ってたんだ。先生っ。こいつばれないようにか、自分のハンカチでハサミを包んで隠してたんですよ。偶然バッグが落ちなきゃ絶対気付かなかった。ひどく悪質だと思いませんか」

沢田の険相を見て、浅香が厳しい顔をしているのを見て、未尋は絶望感に囚われた。

あぁ、やっぱりおれの言葉なんか誰も信じてくれないんだ……。

「沢田、声が大きい。未尋？　黙ってちゃわからない。沢田のハサミを持っていたのか？」

「――おれが盗ったんじゃ、ありません」

震える唇をぐっと嚙みしめ、未尋はもう同じ言葉を繰り返すしか出来なくなっていた。

「うん、だから未尋――」

「浅香先生、もういいじゃないですか。こんなヤツ、辞めさせたほうがいいですって。泥棒する人間なんて怖いだけですよ。いつか他のものも盗るに違いない。手癖が悪いヤツは治らないって言うじゃないですか」

沢田の言葉に未尋は喉が干上がる気がした。

ここを辞めさせられる？

それは嫌だ。絶対、絶対嫌だっ。

未尋は何度も首を振るが、浅香はそんな未尋を見定めるようにじっと見つめるばかり。決断のためか、浅香が口を開こうとしたとき。

「――おれの未尋をいじめてるのは誰だ？」

緊迫した雰囲気を割いた深みのある声に、未尋は振り返る。

「冬慈？　今ちょっと立て込んでるから、用事があるなら店の方で待ってろ」

浅香の言葉に、しかし冬慈は逆に事務所に入り込んできた。

「立て込んでるって何？　泥棒なんて言葉が聞こえたけど、まさか未尋のことじゃないよね」

「いえ、白柳のことです。白柳がおれのものを盗ったんですよ」

「沢田、やめろっ」

「聞いて下さい、冬慈さん。こいつがおれの花バサミを盗んだんです。しかもばれないようハンカチでくるんで隠してたんですよ。悪質すぎますっ」

「君の花バサミって、おれのところに忘れていったヤツか？」

震えていた未尋の肩に冬慈の手が回る。

大きな手が力強く自分の肩を抱くのが不思議だった。それがとても頼もしく感じたのも。

呆然と顔を上げると、未尋と目を合わせた冬慈はふわりと微笑みを見せてくる。まるで未尋を安心させるような柔らかい表情は、尖らせていたはずの心に何の抵抗もなくするりと入り込んできて泣きそうになった。

「さっき、未尋が忘れていませんかって店まで探しに来たんだよ。渡してから、先輩の大事な商売道具だからって、未尋が大事そうにハンカチに包んだのも目の前で見た」

「そうか。沢田はよく忘れものをするしな」

浅香がホッと声をもらした。しかし、沢田は納得いかなげに声を張り上げる。

「だったら、白柳はそのままばっくれて自分のものにするつもりだったんですよっ」

「おれが目の前で見ているのに？　考えられないな、それが未尋ならなおさらだ。そもそも盗もうと思っているなら、こうしてわざわざショップには戻らないだろ」

「けどっ……」

まだ言い募ろうとする沢田に、浅香は晴れ晴れとした口調で幕引きをする。

「沢田。何でも悪く取ろうとするのはおまえの悪いクセだ。しかも、今回おまえは未尋に礼を言う立場だぞ。未尋も、それならそうとどうして早く言わない。けど、これで一件落着だな」

しかし、納得いかないらしい沢田だけは返事の代わりに舌打ちを残して出て行った。

「まったく、あいつは。あぁ——冬慈、助かったよ。何かおれに用だったか？」

「今度のエキシビションの件でこれ、出来上がってきたから」

浅香に渡している書類を見て、先ほど冬慈からお使いを頼まれていたのをすっかり忘れていたことに気付いた。

「浅香先生。これも預かっていました」

持ったままだったバラの写真集を浅香に渡したが、その手を横から強く摑まれる。見下ろす冬慈のきつい眼差しにたじろいだ。

「な、何？」

「何じゃない。どうして自分は盗ってないって、もっと強く言わない。釈明しないんだ。あれ

じゃ誤解してくれと言わんばかりだろ。普段は生意気なぐらい口の立つ未尋なのに、何でさっきは黙っていたんだ。その口はいざというときには動かなくなる役立たずか」

「何その嫌味な言い方。別に……言い訳なんて男らしくないだろ。おれはやってない。それはちゃんと言ったんだ。だったら、信じてくれない方が悪いんじゃないか」

冬慈の畳みかけるような口調と頭ごなしのきついもの言いに未尋は圧倒され、心がささくれ立つ。その感情のままに語調を荒げて黒瞳を睨み上げると、冬慈は呆れたように眉を上げた。

「みーってばか？　ばかなのか？」

「ばかって…あんた、失礼だろっ」

「あぁ、悪いね。あまりに呆れたからつい思ったことを言ってしまったよ」

「あんたなっ」

あまりの発言に未尋は肩を怒らせるが、同じタイミングで冬慈の表情がスッと変わる。

「大切な商売道具だからってハサミを大事そうにハンカチで包んでいた未尋のあの時の気持ちがむげにされたんだ。なのに、なぜあそこで弁明もせずに黙り込むのか。おれはまったく理解出来ないね、聞いていてとても悔しかった」

甘い美貌に浮かぶのは真摯な表情だった。少しもどかしげな苛立ちも見受けられたが、初めて見る冬慈の真顔は、なまじ端整な容姿ゆえにひやりとするような怖さがあった。

『言い訳は男らしくない』だって？　何をかっこつけてるんだか。沈黙は美徳でも何でもないだろ。あのまま誤解されて、ここを辞めなければいけなくなっていたらどうするつもりだった？　それとも未尋は辞めてもよかったと言うのか」

「……そんなことない」

「じゃ、言うべきことはちゃんと言わないと。言い訳だとか、そこはかっこつけるとこじゃないだろ。正当性は主張すべきだ」

「でもっ」

「でも、何？」

普段はからかってばかりいる冬慈から諭されるような今の状況に、未尋は大いに戸惑っていた。しかもそれが全部正論だからこそ、何も言い返せなくて悔しくなる。

冬慈の言うことは何もかも正しい。

「まただんまり？　やれやれ、この期《ご》に及んで未尋はまだ言い訳は見苦しいとかかっこ悪いとか思っているのかな。ひと昔前の侍にでもなったつもり？」

「そうじゃないけどっ。でも、でもさ。今日はたまたま冬慈さんが見ていたから解決したけど、もし誰もいなかったらおれの言うことなんか――」

冬慈に乗せられたようにトラウマへ通じる本音を口にしかけて、未尋はカッと赤面した。

「違うっ、今のは違くてっ」

「────信じるよ」

慌てて訂正しようとした未尋の言葉を、冬慈が力強い声で遮《さえぎ》った。未尋ははっと顔を上げる。

信じ…る────？

「未尋がきちんと話してくれるなら、おれも浅香も疑ったりしない。ちゃんと信じるから」

真っ直ぐに未尋を見下ろしてくる冬慈の眼差しが熱くて、強がる心が折れそうになる。天敵のはずの冬慈なのに、『信じる』と言われて胸がとても熱くなるのが悔しかった。

なぜおれの言葉を信じるとそんな簡単に言えるのか。

そんなの口先だけの言葉じゃないのか。

揺れる心を抱いたまま、未尋は冬慈を見定めるようにじっと見つめる。

「冬慈、未尋も。ふたりともヒートアップしすぎだ」

沈黙を破ったのは浅香だ。

「だいたい、冬慈。おまえが未尋を心配したのはわかったけど、今の言い方じゃ、未尋には伝わらないだろ。罪のない未尋が一方的に責められてたのが、おまえ的に我慢出来なかったってことだろうが。普段は元気いっぱいの未尋が無抵抗のまま責められてて、何かあったんじゃないかと心配でいても立ってもいられなくなったって、そこをちゃんと言えよ」

微苦笑する浅香のセリフには未尋の方が目を丸くする。

そんなことを冬慈は言っていただろうか？

「冬慈って男は、気に入った相手ほど言葉がきつくなるんだ。本気で向き合うというか。好きな子はいじめてしまうタイプだからな」

言われたくないことを言われたというように、冬慈は顔をしかめてそっぽを向いた。

「でもな、未尋。冬慈の言っていることは間違ってないから。言い訳をしたくないって気持ちはわからなくもないが、さっきのは違うだろう？　黙る場所じゃないはずだ。それにおれだって未尋が本気で訴えようとすることを信じないわけないだろ。それくらいおれも冬慈も未尋の人となりは見極めてるつもりだぜ」

「――はい、すみませんでした」

浅香に言われると、未尋は素直に頷ける。自分のときと違って神妙に返事をする未尋が気に食わないのか、冬慈は不機嫌そうに片眉を上げた。

「だいたい、みーは何やってんだ」

「何って……」

いつもの意地悪な口調に戻った冬慈にホッとしたが、言っている意味はわからない。

戸惑っている未尋を、冬慈がじろりと見下ろしてくる。

「おれのいないところで勝手にいじめられるなと言ってるんだ。みーをいじめていいのはおれだけでしょ。しかもいじめられて、へこんだ顔を他の人間にも見せるなんてお仕置きものだ。そういう顔はおれの前でこそするべきなんだから」

とんでもない内容に未尋は瞠目した。隣では浅香が呆れたように首を振っている。

「何言ってんだよ、ふざけんなっ」

ようやく我に返って、未尋は怒鳴りつけた。

「何でおれがあんたにいじめられるのが当然って話になってるんだよ。あんた、頭おかしいだろ。おれは誰にもいじめられたりしない。もちろんあんたにも。そもそも、『いじめていいのはおれだけ』っていったい誰が決めたわけ？」

「ん、おれ」

嫌味でした質問に、冬慈は臆面もなく返事を返してくる。

「みーはおれの可愛い子猫ちゃんだから、所有権を主張して当然だろ」

「冬慈っ、頼むからおまえもうしゃべるな。未尋、落ち着け。ここで大声を出したら店にも聞こえる。だから、未尋っ」

怒りでぶるぶる震える未尋を浅香が落ち着かせるように抱きしめてきた。いや、未尋が冬慈に突進する気配を察していち早く止めるつもりだったのだろう。なのに、冬慈のひと言がそんなすべての努力を灰にする。

「あ、浅香、それはだめ。そんな親密な接触はおれが嫌だからみーから離れてくれる？」

「あんたはふざけてんのかーっ」

未尋は渾身《こんしん》の怒声を冬慈に浴びせかけた。

冬慈のからかいに未尋が怒っていたのはそれでもひと時だけ。時間が経つごとに、『スノーグース』を辞めなければいけなかったかもという危ういところを助けてもらったというのに、礼も言わなかったことが気になってくる。もちろん最後に冬慈がちゃかしてしまったのも悪いが、冬慈を前にすると素直になれない自分にも毎度のことながら呆れるやら情けないやら。

重ねて先日の騒ぎのせいで沢田との仲が以前以上にぎくしゃくしているのも、未尋の心を鬱《うっ》屈《くつ》させる原因になっていた。未尋の直接の先輩はやはり沢田だ。仕事で何かと指示を仰ぐ機会も多く、沢田とのコミュニケーションがうまく取れないと業務にも支障をきたしかねない。

しかも悪いことは続くのか、半月前にＡＴＭで支払った借金の返済がなぜか出来ておらず、督促の電話がかかってきてしまい、未尋を大いに焦らせた。すぐにそれは機械の不具合だったことがわかり問題は解決したが、仕事中にかかってきた電話だったため、沢田からここぞとばかりに嫌味を言われる始末。

そんな中で未尋は二十歳の誕生日を迎えたが、当然気持ちは沈んだままだ。

誕生日だと誰にも言わなかったため普段と変わらない一日が終わろうとしたとき、しかし最後の最後でとっておきのハッピーが待っていた。食事さえ満足に取れないことも多いような忙しい浅香だが、未尋のためにフラワーデザインの基礎レッスンの時間を取ってくれたのだ。

花に関する技術だけではなく——街に出て色んなものを見て色彩感覚を鍛えろとか生け花の基本の教室には通った方がいいとか、浅香はフローリストにとって大切なことも教えてくれる。だから未尋は浅香の言葉は何ひとつ聞きもらすまいと懸命に耳を澄ました。

「誕生日？　未尋は今日が誕生日だったのか」

そんなレッスンが終わっての雑談の中で、未尋が呟いたひとりごとを浅香が聞きとがめて眉を上げる。もっと早く言え、みずくさいと軽く叱られもしたが、その後思わぬ誘いを受けた。

「じゃ、これからごはんにでも行くか。あぁ、ちょうど二十歳になったんだ。記念に酒を飲むのもいいな。そうと決まったら、さっさと片付けて飲みに行くぞ」

「はい、ありがとうございますっ」

未尋は散らかったテーブルの後片付けを急ピッチで進める。

「これ、未尋のか？」

問われて見ると、浅香の手に手製の花辞典が握られていた。テーブルの端に置いていたが、いつの間にか床に落ちていたらしく浅香が拾ってくれたようだ。

「スケッチだな。上手い……よく花の特徴を捉えている。これ、未尋が描いたのか？」

「はい。花の辞典って書籍コーナーにありますよね。でもあれを買うお金が今はないし、載っている花も限られてるし。じゃ、自分で作るかって」

「うん、いや、これで十分。というか、すごいな。スケッチってこのノートだけ？　他にアレンジなんかのスケッチは取ってないのか？」

催促されて、未尋はバッグに入れている大判のノートを見せる。

「これって昨日行ったホテルでの生け込みか？　んん、こっちはおとといのジュエリーショップだな。でもおれのアレンジの全部をスケッチしているわけでもないな」

「本当は全部スケッチしたいんですけど、仕事中だしああいうところで写メなんか撮れないし。だから、これと自分が決めた気に入ったものをひとつだけ頭にたたき込んで帰るんです」

「記憶だけでよくここまで描ける。あぁ、だからいつも熱心におれのアレンジを見てるのか」

つたないスケッチを真剣に見られると恥ずかしくてたまらない。

「あの、もういいですか」

「あぁ、サンキュ。でも前から思っていたが、未尋はおれとちょっと感覚が似てるよな。そこに描いてあるアレンジメントは自分でも気に入ったものばかりだから驚いた」

「本当ですか？　嬉しいです」

「未尋のスケッチ、せっかくだから何かに活かせたらいいな。今度考えとく。さて、どこに飲みに行くかだ。おれのおごりだ、どこでも好きなとこに連れてってやるぜ。希望はあるか？」

浅香の言葉に、ここずっと気になっていたことを解決するにはいい機会かもしれないと思いつき、未尋は口にする。

「だったら、上の『ラグラス』っておれは入れないですか？　あそこって会員制バーですが」

「冬慈のところ？　驚いたな。未尋だったら絶対避けたい場所だと思っていたが」

「おれもっ、本当だったら避けたいんですけど。でもこの前助けてもらったし、その時おれ、お礼を言ってなくて」

冬慈を前にしたら、また素直になれずに何も言えないかもしれない。けれど浅香がいてくれれば、ふたりの会話の隙間に礼を口に出来るタイミングがあるのではないかと期待した。

「未尋もねぇ、どうして冬慈に対してはあんなケンカ腰になるんだか」

「それは、あの人がからかってばっかりだから」

「まぁ、それもあるか。あいつは一般的には優しそうとか穏やかな人に見られがちだが、本当は自己主張が強くて腹黒いからな。しかもおおいに大人げない。未尋はもう知っていると思うけど、気に入った人間にほどそれを隠さないから厄介なんだ」

腹黒いとの言葉に未尋はうんうんと頷く。

やっぱり浅香先生も冬慈さんを警戒しているんだ。この調子であんな男のアプローチなんかバシンと跳ね返してくれるといいのに。

そう思ったのに。

「気難しい男だが、一度懐《ふところ》に入れた人間は大事にするから憎めないいんだ。許容範囲がものすごく狭いだけなんだってわかるとな」

学生時代からの親友らしい言葉だった。冬慈の本質的な部分まで理解しているような浅香の発言に、未尋は気持ちがモヤモヤしてならない。

何だろう、このすっきりしない気持ちは。

「よし。それじゃ、冬慈の店に行くことにするか」

「あ、でもこの格好で大丈夫ですか?」

もしドレスコードがある店だったら入れないかもしれないと慌てて聞いてみる。制服ではないけれど浅香のアシスタントとして白シャツに黒のズボン、グレーのカーディガンが未尋の日常の格好だ。家からこの上にコートやブルゾンを羽織って通勤するため、他に服がない。

そんな未尋の心配を浅香は笑い飛ばした。

「十分だろ。あいつが未尋を追い出すはずがない。未尋はあいつのお気に入りだからな」

その発言につい苦虫を嚙みつぶしたような顔になった未尋を、浅香は高らかに笑った。


「珍しいお客さまだ」

浅香と一緒に未尋がシークレットバーに赴くと、冬慈はほんの少し驚いたように表情を動かした。が、すぐに薄く笑う。未尋をからかうときの意地悪そうな顔ではない、匂い立つような色気をにじませた夜の顔だ。

「いらっしゃいませ。浅香さま、白柳さま」

整ったその顔に艶めかしいともミステリアスとも捉えられるアルカイックスマイルを浮かべ、冬慈が優雅なしぐさで会釈をする。不思議な艶を見せる黒瞳が未尋を見て甘やかに細まった。

一瞬ののち未尋は視線を逸らすが、シャツの下であわ立った肌を服越しに擦りながら、天敵のはずの冬慈に目を奪われてしまったことを悔やんだ。いや、何かすごく納得いかない。

「ようこそ、『ラグラス』へ」

冬慈が、未尋たちを促すように大きく店内へと片腕を伸ばした。

「わ……」

バーが営業中の時間に来たことがなかった未尋は、目の前の空間に上げかけた声をのむ。

正面に広がるのは、都心の青白い夜と見事な夜景だ。

天井まである大きな窓に向かってフロアが緩やかなスロープ状になっているのを前々から不思議に思っていたが、ようやく今日、それがどの席に座っても夜景が眺められる配慮であるのを知った。しかも広いフロアであるのに、席数は恐ろしく少ない。店内を彩《いろど》る豪奢な内装やインテリアなど、まさに限られた人間にしか許されないバーであるのをつくづく思い知る。

冬慈に案内されたカウンター席には本物のろうそくの炎が揺らめいており、浅香のアレンジした花がスポットライトの下であでやかに咲き誇っていた。

「それで――」

上質な布地であるのがひと目でわかる三つ揃いのスーツを纏《まと》った冬慈は、ラグジュアリーバーのオーナーにふさわしい鷹揚《おうよう》とした態度で未尋の隣に腰かけてくる。そのわずかな空気の流れに乗ってしっとりと深い夜の香りがして、未尋は耳の後ろがざわざわした。

「お子さまなはずのみーが、どうしてこんなところに迷い込んだんだ？」

未尋が気後れするくらいフェロモンをまき散らしていた冬慈が、ようやくいつもの意地悪っぽい表情を作った。からかわれてホッとするなどおかしいが、自分の肩から余分な力が抜けていくのに気付く。だから、未尋もいつもの調子で天敵の冬慈に話しかけることが出来た。

「おれはもう子供じゃない。酒だって飲める年になったんだから」

「そういえば、もうすぐ誕生日だと言っていたね。じゃあ、もう未尋は二十歳を迎えたんだ。おれの許可なく大人になったってわけ？」

「大人になるのに冬慈さんの許可は必要ないだろ。それに、今日だから」

「何が？」

「だから、今日が誕生日なの！」

誕生日を自己申告するのが恥ずかしくて俯きながらちらりと窺うと、冬慈の顔が甘やかに崩れたのを見た。楽しげにも優しげにも見えたその笑顔に、心臓が大きく鳴った気がする。

「そうか。誕生日おめでとう、未尋」

覗き込んでくる黒瞳がなぜかとても美しいものに見えて、未尋は言葉につまった。さっきから心臓の鼓動がちっとも落ち着いてくれない。

冬慈さんがおれの誕生日を祝ってくれるとは思わなかったし……。

未尋はスツールの上で変にもじもじしてしまう。

「まぁ、けど。人気者のみーのことだから、今日は『スノーグース』のスタッフたちにもたっぷり祝われたんだろうね。おれが最後かと思うと、ちょっと気に食わないな」

「そうくさるな。おまえが二番目だと思うぜ。おれもさっき聞いたばかりだから」

未尋を真ん中に三人並んでカウンターに座っているせいか、浅沓が未尋の肩越しに口を挟んできた。それを聞いて、わずかに不機嫌そうになっていた冬慈の表情が緩む。

「ふぅん。じゃ、いいや」

冬慈が自分を構うのはフェイクだ。冬慈が本当に好きなのは浅沓なのだから。

それを知っているから、冬慈がお気に入りだよとかおれのみーだとかいじってくるたびに未尋は面白くない気持ちになる。自分をダシにして何がしたいんだと腹立たしくなるし、浅香への思いはやはり不誠実なものだと不埒な冬慈が憎らしくなるのだ。

未尋の複雑な心情など気付きもしないで、冬慈がさっと営業用の顔を作った。

「さて、おふた方。今日は何をお飲みになりますか？　もちろん白柳さまの初めてのグラスは、私が心をこめてプレゼントいたします」

冬慈のウィンクは当然無視する。

「おれはビールな。未尋は何にする？」

「こういうところでは何を注文すればいいんですか」

「人それぞれだ。おれみたいにビールでも、もちろんカクテルでもハイボールでも。あぁ、未尋はとりあえず酒に慣れるのが先決だから、アルコールが低い何かにするか」

「はい、わからないのでお任せします」

未尋と浅香の会話を聞きながら、冬慈はカウンター内にいるバーテンダーに何かを耳打ちしていた。すぐに飲みものが運ばれてくる。未尋の前に置かれたのは、きれいなピンク色のフルートグラスだ。細かな泡がグラスの縁を飾っており、見ているだけで楽しくなる。

「ピンクのラナンキュラスだ」

今の時期、店の一番いい場所で出番を待っているラナンキュラスは、花色も花の形も美しくて未尋が大好きな花のひとつだ。

「ラナンキュラスって、あれだろ？　花びらが豪華でちょっと見『芍薬《しゃくやく》』に似ているやつ」

「そうだな。未尋の感覚はやっぱり面白い」

頭の上で交わされるふたりの会話に、未尋はひどく恥ずかしくなる。

「それじゃ、未尋の輝かしい二十歳の誕生日を祝って」

「乾杯」

浅香が音頭を取って、冬慈が乾杯の声を上げた。未尋のかかげたフルートグラスに両隣からそれぞれグラスをぶつけられる。

「……ん」

カクテルのピンクはイチゴ由来のカラーみたいだ。しかしイチゴの香りはするけれど甘さは控えめで、優しい炭酸が喉をくすぐっていく。

「美味しい」

思わず顔がへにゃりと崩れてしまった。

「——えらく可愛い顔をして」

横を向くと、冬慈が苦笑するように微笑んでいた。反射的に未尋の眉間にシワが寄る。

「あ、そのむくれた顔も可愛いな」

「そんなことは浅香先生に言ってください。おれは可愛くなんかありません」

つんと顎を上げると、喉で笑われる。

「もちろん、浅香もきれいだ。髪、切ったか。浅香によく似合ってる」

「やっぱりだめ。先生も口説かないで」

隣に座る冬慈を、浅香から遠ざけようとぐいぐい押す。

「わがままだな、みーは。おれの関心がよそに向くのが嫌だって？　自分だけを口説いて欲しいなら、素直にそう言えばいいのに」

「誰がそんなことを言ったっ」

押してもびくともせず、逆に未尋へ体を寄せてこようとする冬慈が上機嫌に笑う。

「ほら、新しいグラス。今度は何の花に喩える？」

いつの間にか飲み干していたピンク色のカクテルの代わりに置かれたのは、アプリコット色のショートグラス。レモンピールで作られた見事なバタフライがグラスの縁にとまっていた。

「何の花にもたとえません」

じっとり冬慈を睨みながら新しいカクテルにも口を付ける。けれど美味しくて、つい顔が崩れるのは先ほどと一緒だ。それを見て、冬慈が笑うのも。

階下にあるイタリアンレストランで作ってもらったアンティパストをつまみながら、未尋は初めての酒を楽しんだ。

もしかしてお酒は好きかも……。

フワフワと楽しい気持ちになって、自分がさっきから笑ってばかりいる気がする。

「冬慈さん。あの、あのさ。この前はありがとう、助けてくれて」

だから、ずっと言えなかった先日の礼もようやく言えた。

「この前って？」

「だから、この前だよ。花バサミ、おれが盗ったって騒ぎになったヤツ。沢田さんの剣幕になんだか色んなことを思い出して気持ちが小さくなって、何も言えなくなったんだ」

そのせいで、普段だったら絶対言えないことも未尋は口走っていた。

「色んなことって何？」

「それは、あまり言いたくない……」

「そんなこと言わないで。教えて欲しいな。浅香もそう思うだろ？」

「冬慈。こんな時だけおれを便利に使うな」

浅香も聞きたいのかと窺うと、冬慈に向かってしかめっ面を見せていた浅香が慌てて顔を取り繕《つくろ》い頷いてくる。よかったら聞かせて欲しい、と。それならと、未尋は話し出した。

「昔——まだ小学校のときだったけど、同じようなことがあったんです。やってない犯罪を一方的に押し付けられてしまって。違うと何度も言ったのに誰もおれを信じてくれなかった。先生まで信じてくれなかったんだ。すごく悔しくて悲しかった。あ、だから冬慈さんが信じるって言ってくれたとき、本当は嬉しかったんだ。すごくすごーく感動した」

胸の中に花が咲いたような幸せな思いが満ちてきて、知らず笑みがこぼれる。

「うーん……みーは酔っ払うと凶悪に可愛くなるな」

「むぅ。だから、酔っ払い言うなって…あ、違う。可愛い言うな……ん？　みー言うな？」

「ほら、酔っ払ってる」

冬慈の指摘に、浅香やカウンターにいるバーテンダーまでクスクスと笑っている。

「だいたいさ、冬慈さんって何でおれのことを『みー』と『未尋』と使い分けるの？　未尋でいいじゃん。みーって言われると本当に自分が猫になったみたいに思うのに」

「そうだな、未尋をことさら可愛がりたいと思うときは『みー』と呼ぶかな」

「からかいたいの間違いじゃないの？」

「そうとも言う」

「もうっ」

冬慈と未尋のかけ合い漫才のような会話を、浅香は楽しげに聞き入っていた。が、思った以上に長居をしてしまったらしい。

「未尋。そろそろ帰るか？　あんまり酔うと帰れなくなるぞ」

「嫌です。まだ帰りたくないです」

せっかく楽しい気分でいるのに帰ると言われると急に寂しくなって、未尋は思わずカウンターにしがみついた。

「明日は早いのか？　でも、市場はない日だろ」

未尋の頭越しに冬慈が浅香に話しかけている。

「別件で、静岡の花農家のところへ行く用があってな」

「ふぅん。だったら、未尋の面倒はおれが見るから浅香は帰っていいよ」

「ばか、おまえだから心配なんだろ。おれが可愛がっているスタッフに手を出されちゃ困るんだよ。おまえがここまで気に入っている人間は、本当に珍しいんだから」

「気に入っているからこそ、合意もなしに手は出さないって。今日は純粋に面倒を見るだけだ。それならどうだ？」

末尋を挟んだふたりの会話は、ぼんやりした頭のせいか聞いた傍からソーダの泡のように消えていく。

「信じていいんだな？」

「この店に誓って――」

冬慈が宣誓するように右手を挙げていた。

「わかった。じゃ、頼む」

すぐにチェックを済ませ、浅香が席を立つ。

「え、浅香先生。帰っちゃうんですか」

「あぁ、あとは冬慈に頼んだから末尋はゆっくり楽しめばいい。確か、明日は休みだろ？」

「待って。待って下さい。先生が帰るならおれも帰ります」

末尋は慌ててスツールから降りようとするが、それを後ろから伸びてきた腕が抱きとめる。

「みーはまだ帰りたくないって言っただろ？　おれもまだみーと一緒に飲みたいんだ。おれに付き合ってくれないか」

艶のある声が未尋の鼓膜《こまく》を甘く震わせる。それが何だかとても心地よくて、天敵である冬慈の腕に抱きしめられているというのに未尋は抵抗出来なかった。

冬慈さんと一緒に飲んでもいい。

でも――…。

「――冬慈さんは先生が好きなくせに」

出した声はひどく拗ねたものだった。

「うん。浅香も好きだけどみーも好き」

「そんなのおかしい。やっぱり冬慈さんなんて大嫌いだっ」

返ってきたいつも通りの返事に、無性に腹が立った未尋は冬慈の腕から逃れようと暴れる。が、冬慈は笑って未尋を離さない。長い腕は易々と未尋の抵抗を抑え込んだ。

「――冬慈。おまえ、からかうのが楽しいからって、いい加減おれを絡める発言はやめろよ。いざ本気になったとき、誤解されて困るのはおまえなんだからな」

呆れたように言い置いて、浅香が未尋の頭をひと撫でしてから店を出て行く。

「先生。浅香先生っ」

「未尋、静かに。ここは大人が楽しむバーだから、そんな大きな声は出さないで。しー、だ。

でないと、唇で塞いじゃうよ」

唇に当てられた冬慈の指に、未尋はつい口をつぐんでしまう。自分と違う体温、なめらかな皮ふの感触――キスもまだな未尋にとって、押しつけられた冬慈の指はまさにキスでもされている感じがして顔が熱くなる。

何で冬慈さんを相手にキスを意識しなきゃならないんだよっ。

未尋は正気に戻ろうとぶんぶん首を振る。けれど、そんなことをしているうちに浅香の姿が見えなくなって、未尋はがっくり肩を落とした。

「そんな置いて行かれた子供のような顔をしないで。何だかとてもひどいことをした気分になるじゃないか」

ようやく冬慈の腕が離れて、未尋は席に座り直す。

「でも、どうしてそんなに浅香をリスペクトしているんだ？　あいつがすごいヤツだって知ってはいるけど、未尋にとっての浅香はどういう存在か、教えてくれないか」

もしかして、落ち込む未尋の機嫌を取ろうという質問だったのかもしれない。

「冬慈さん、聞きたいんだ？　ふぅん」

けれど、尊敬する浅香のことは誰にでも自慢したいくらいだから、それに気付いても未尋の気持ちは上向かずにはいられなかった。

「おれが先生に出会ったのは、高三のとき。おれね、それまで花なんて大嫌いだったんだ。母さんが花屋で働いていて、それでずっとコンプレックスがあってさ。だから、先生がうちの学校の創立祭にデモンストレーションに来たときも、最初は興味持てなかったんだ」

ピンクのチューリップにオレンジのガーベラなど、いかにも女の子が好きそうな花たちが壇上には並んでいて、どうせ女の子受けのするパフォーマンスだろうと思っていた。けれど、そんな可愛らしい花を使って出来上がったのは清々しいくらい男を感じさせる作品で、未尋は度肝を抜かれた。花など軟弱だ、という偏見がその瞬間吹き飛んでしまったくらいだ。

「その後で、生徒に合わせてブーケを作ってくれるパフォーマンスがあったんだけど、おれ、一番に手を挙げたくらいでさ」

未尋以外は全員女の子で、女子生徒ひとりひとりに合わせて目の前で作られていく個性あふれるブーケに未尋はまたしても目を奪われた。いざ、未尋の番。浅香が作ってくれたのは、薄いグリーンのバラやマムと呼ばれる菊を使った爽やかなブーケだ。

「おれが男だから緑色のブーケを作ってくれたのかと思ったんだけど、違ったんだ。先生は『君、緑色が好きだろ』って言うの」

「へぇ、何で浅香はわかったんだろう」

冬慈の言葉に、未尋は自分のことのように誇らしく答えた。

「おれがその時はいていた靴下、それと手首に付けていたミサンガが緑だったから。ほんの一瞬で先生はそれに気付いてブーケを作ったんだよ」

未尋はいても立ってもいられなくて、イベントが終わったあと浅香の控え室に駆け込んだ。花が嫌いだったこと。でも、浅香のパフォーマンスを見て気持ちが変わったこと。浅香のような花を扱う仕事がしたいと思ったこと。まくし立てるように未尋は浅香に訴えた。

あの時は、あまりに興奮しすぎて言っていることすべてが支離滅裂だったことを未尋は恥ずかしく思い出す。

「そしたら、先生は『うちに来い』って言ってくれたんだ。あの時はすごく嬉しかった」

うっとり回想する未尋に、冬慈は苦笑した。

「でも、確か浅香のところに来たのは昨年の十一月末だったろ？　高校を卒業してすぐ門下に入ったわけじゃないよね」

「それは——……」

母が倒れたからだ。浅香と約束を交わしてからひと月も経たない、初雪が降った日のこと。

それからは、未尋は花どころじゃなくなってしまった。高校は何とか卒業したけれど、その後は母親の治療費のために昼も夜もバイト三昧。それでも昨年秋に母を亡くしてしまい、未尋は燃え尽きたように何もかもどうでもよくなったけれど、浅香とは定期的に連絡を取っていたからか、連絡の途絶えた未尋を心配してアパートまで訪ねてきてくれた。亡き母へのしめやかなアレンジメントと未尋のために目が覚めるようなビタミンカラーのブーケを持って。

浅香と浅香がくれた花のおかげで、今の未尋がある。

「だから、先生はおれの恩人なんだ。おれは浅香先生にずっとついていくんだ」

「──何だか面白くないな」

話を締めくくった未尋に、冬慈がぽつりと呟いた。

「何が面白くないんだよ」

話に文句をつけられて、未尋は尖った声を出す。むっと睨むと、冬慈からもたじろぐほど強い目で見つめ返された。

「浅香ばっかり褒めるから面白くないよ。ただのお気に入りだった未尋に、自分がけっこう本気ではまっていたのもムカつく。そんなおれの気持ちも知らないで、他の人間の話ばかり聞かされるんだからね」

「は？」

「──いじめたくて泣かせたくて、ムラムラする」

形のいい唇をにやりと意地悪っぽく引き上げられ、未尋は背筋に震えが走った。

少し苛立ったようにきつい眼差しだが、強い感情を見せているからこそ冬慈の黒瞳からは何者をも魅了するようなフェロモンが放たれている気がする。

ピンクだ。ピンク色のオーラが見えるぅっ……。

「い、意味…わかんないこと言うなよっ」

色気に気圧されて半泣きで出した声は完全に裏返っていた。

「先生ばっかり褒めるって、だって、冬慈さんが聞いたんじゃないか。おれにとっての先生はどういう存在かって」

「そうだったかな」

「そうだよっ、だから話したんだ。それに何だよ、いじめたいとか泣かせたいとか。そんなことを本当にしたら、あんた変態だからなっ」

「変態でもいいよ。おれはね、好きな子が出来たら泣くまでいじめたい性格なんだ」

「なっ」

好き……好きな子って。今の話の流れで好きな子って⁉

すっかりパニックに陥る未尋だが、背後に誰かが立った気配に慌てて口をつぐんだ。

「お話し中に申し訳ございません――」

振り返ると、支配人が立っていた。

「悪いな、未尋。少しひとりで飲んでて」

冬慈はそう言い置き、仕事用のアルカイックスマイルを作ってあっさり席を立つ。

何だ、いつもの冗談だったのか。

ホッとしたような肩すかしを食らったような複雑な思いで未尋はがっくりカウンターに肘をつく。今の会話だけでひどく疲れたような気持ちになり、恨めしく元凶を横目で追った。

窓際に座る恰幅のいい客に歩み寄った冬慈は、優雅な態度で挨拶をしている。バー経営はお遊びだなどと言っているのを聞いたことがあったが、今の綽然《しゃくぜん》たるオーナー姿はラグジュアリーな空間にふさわしい威風ぶりだ。

そんな冬慈の視線がふいに未尋に飛んできて慌てる。冬慈を見ていたことがばれて恥ずかしくなるけれど、ここで目を逸らすのは負けのような気がしてぐっと目に力を込めた、と。

「……っ」

冬慈の黒い目がひどく柔らかに細まり、唇の端が微かに緩んだ。

その瞬間、未尋の心臓は大きく飛び跳ねる。

ドクドクと、バクバクと、いつもとはまったく違う音を立てて動き始めた心臓が痛くて、未尋はぎゅっと胸の辺りのシャツを摑んだ。頰が熱くて、グラスを一気にあおる。

今日はやっぱりおかしい。あの男を前に、どうしておれはこんな変になってしまうのか。

いや、今日だけではない。以前から冬慈に対しては自分が必要以上に子供っぽくむきになってしまう感があったが、最近はさらに色々とおかしいのを自覚している。冬慈に『信じる』と言われたあとぐらいからだ。冬慈を前にすると今まで覚えもしなかった感情があふれて、挙動不審になってしまう。怒りっぽくなったり落ち着かなくなったり拗ねてみたくなったり。かと思えば、胸がドキドキしたり背中がむずむずしたり顔が熱くなったり。

「グラス、もう空いてるじゃないか。みーって酔っ払うのは早いけど、案外酒は強いな」

ようやく冬慈が戻ってきた。

結局のところ、自分がおかしいのはすべて冬慈のせいじゃないか。

そう思うとじっとり目が据わる気がした。

「何？　可愛い顔。ひとりにしたから拗ねているわけ？」

含み笑いをして冬慈が顔を覗き込んでくるから、もっとむかついた。

「冬慈さんは、カクテルは作れないんですか」

「ん？」

「今度は冬慈さんが作ったカクテルを飲みたい。作れないならいいですけど」

少し困ったらいいんだ。

意地悪な気持ちでそう言ったのに、冬慈は少しも慌てない。困った顔もしなかった。

「そうだね。じゃ、今度のグラスはおれが作ろうか」

「ちゃんと、シャカシャカってするヤツですよ。あれ、あんなの」

カウンター内にいるバーテンダーが銀色の容器を振っている姿を未尋は指さす。

「シャカシャカ、ねぇ。あーあ、浅香と誓いなんかしなければよかったかな」

片方の唇だけを引き上げた苦笑を浮かべると、冬慈は立ち上がった。脱いだジャケットを未尋の肩に羽織らせてから。

「持ってて」

ジャケットから冬慈の甘いトワレの香りがして、未尋は何だか変な声が出そうになった。

白いシャツの袖口に触れながら、冬慈がカウンター内へ入って行く。背後に酒のボトルが並んだカウンターにシャツとベスト姿で立つ冬慈は、長身のせいかやけに映える。ただでさえ色気のある冬慈がジャケットを脱いで隙を見せるような姿に、カウンターに近いボックス席の女性が小さく声を上げるのを聞いた。

「みーがシャカシャカって言ったこれは、シェイカーって言うんだ」

未尋の前に銀色のシェイカーを静かに置く。

「でも、みーにはこれからもシャカシャカって言って欲しいな」

冬慈はしゃべりながらもスムーズに手を動かしていた。氷を入れたシェイカーに注いでいくのは、しかしミネラルウォーターだ。

「おれ、カクテルって言った。水だったら飲まないからな。まだ酔っ払ってない」

「ふふふ。思った通りの反応を見せてくれるな」

ひどく嬉しげに冬慈の唇が引き上がる。甘い眼差しにいたずらっぽい光を浮かべ、カウンター越しに未尋に顔を近付けてきた。

「これはカクテルを作る前準備。シャカシャカ容器を冷やすためなんだよ？」

小学生に教えるかのようにことさら優しい口調で言われて、未尋はかっと頬を赤くする。

意地悪だ。とっても意地悪だ。

「何も知らない相手にそんなことを言うのって性格悪い。それに、シャカシャカじゃないんだろ？　シェイカーって言うくせに」

眦をつり上げた未尋を楽しげにちらりと見て、冬慈は唇にゆるく笑みを刷いたまま今度こそカクテルを作りに取りかかった。優美なしぐさで材料を計量して入れ、ふたを閉めたシェイカーを冬慈は胸の前に持ち上げる。少し斜めを向いたまま、ゆっくりシェイカーを降り始めた。腕を上下に動かして、徐々に速さを増していくシェイカーが耳に心地のいい音を作っていく。

すらりとした長身は姿勢がよく、視線を軽く伏せがちにしてシェイカーを振る冬慈の姿は本物のバーテンダーさながらのかっこよさだ。頭から肩にかけて斜めに当たるスポットライトが彫りの深い冬慈の顔に危うい陰影を浮かび上がらせる。それがゾクゾクするほど艶っぽい夜の大人の男を作り出していた。

目がチカチカする……。

視界がおかしくなったみたいに、冬慈の姿だけが暗闇に浮かび上がって見えた。

目を逸らせなくて、逸らしたくなくて、未尋はカウンターの下でぎゅっと冬慈のジャケットを握りしめる。背後からの女性たちのざわめきを耳にし、この姿を他の人間も見ていることがとても悔しいと思った。

自分だけに見せてくれたらよかったのに。

「──どうぞ、『ラグラス』オリジナルカクテル、Dreams come true《ドリームズカムトゥルー》です」

カウンターのスポットライトの下に置かれたのは、白色のカクテルだ。

顔を上げると、冬慈の黒瞳が今は未尋だけを見下ろしていた。

「ありがと……」

刹那、感じていた胸のざわつきがスッと静まっていくのが不可思議だった。

「少しアルコールがきついから気を付けて」

言われて口に含んだカクテルは、確かに喉を刺激する辛さがあった。その中にほんの少し甘みを感じるのが心地いい。

「みーの夢は浅香のようなフラワーデザイナーになることかな。他にはない？　例えば、自分

の店を持ちたいとか」

「店を持つより先生の傍でアシストするのが夢なんだ。だからもう半分叶ってる。あとはなるべく早く一人前になりたいってとこ？　他に夢っていうと、うーん……結婚がしたい、かな」

ぺろりと行儀悪くカクテルを舐めて未尋が答えると、珍しく冬慈の表情が崩れた。微笑みが消えて一瞬垣間見せた顔は虚を突かれたようなもので、未尋は目を瞬《しばた》く。

「驚いたな。みーに結婚願望があったとは」

「結婚願望というか、本当は家族が欲しいんだ。だって……今までずっとひとりだったから」

どうして冬慈がそこまで動揺するのか。

「生まれたときから母子家庭だったし、その母親が家のことより花中心の生き方でさ」

変なのと冬慈をちらりと見たあと、未尋はグラスの縁を細い指先でなぞる。

「いつも朝早く出て行って帰ってくるのも遅かったから、おれはずっとひとりでお留守番。小学校の頃は今より田舎のもっとぼろいアパートに住んでてさ、風の強い日はすきま風が誰かの悲鳴みたいに聞こえて怖かったな。大きな雷のときなんかアパート全体が揺れるんだぜ、ズシンズシンって。それでも何にもないときの方がもっと嫌だった。隣の部屋から晩ごはんのいい匂いがしたり家族団らんしてる声が聞こえたりすると、何だかすごく寂しくなるんだ」

その頃の寂寥《せきりょうかん》感が胸をよぎって、一瞬何だかとても泣きたくなった。

「でも今思うと、母親がいた頃はまだよかったかなって。今は本当に天涯孤独の身だしさ」

部屋にひとりでの留守番は確かに寂しかったが、それでも待っていたら必ず母は帰ってきた。けれど今はもう本当にひとりぼっちだ。部屋を訪れてくれるのは気まぐれな猫のモモぐらい。

母が亡くなってまだ半年も経たないのだ。なるべくいつも考えないようにしていたが、今ばかりは孤独感を思い出し、胸いっぱいにあふれる寂しい気持ちに未尋は唇に歯を立てた。

「――そんなに唇を噛まないで。傷が付く」

目の前に指先が伸びてきて、優しく戒めるように未尋の唇に触れた。腕をたどって顔を上げると、冬慈がカウンター越しに見下ろしている。

「冬慈…さん……」

吸い込まれそうな夜色の瞳が、どこか痛いように細められている。初めて見る優しい眼差しに心まで囚われた気がして、未尋は反応も出来ずに見とれてしまった。冬慈の視線がわずかに下がったのは、噛んでいた唇を解いたせいだろうか。

「赤くて美味しそうな唇だ」

耳が痺れるような低音とともに、冬慈の指が未尋の唇をなぞっていく。時間をかけて唇の端まで行くと離れたが、その指が向かったのは冬慈の口元――赤い舌をひらめかせて、舐めるのを見た。今、未尋の唇に触れていた指先を、だ。

「っ――……」

一拍遅れて、未尋はようやく我に返った。悲鳴を上げたつもりが、パニックのせいか喉から声は出なかった。意味もなく手足を動かし、あり得ないと何度も首を振る。

な、なん、何なんだ。今の指ペロは――っ。

色気にやられて挙動不審になる未尋に、冬慈は静かに微笑むだけ。てっきり動揺する姿を大笑いすると思ったのに反応が違った冬慈を、少し落ち着いた未尋は用心深く睨み付けた。

「な…何だよ、ピンクフェロモン大王」

「ピンクフェロモン大王って…まぁいい。いや、未尋のことはある程度わかっていたつもりだったのに。この前の花バサミの事件のときといい今夜のことといい、おれの知らない未尋がいたことに驚いているんだ。悔しいというか、おれは未尋の一面だけを見ていたのかと」

「意味、わかんないんだけど」

「未尋が可愛いなと再確認したんだ。いつも元気いっぱいで前を向いて走り続けるポジティブな人間だと思っていたのに、本当は強がっていただけで思わぬもろさを持つ甘えたがりの寂しがり屋。それを必死で隠しているような野良猫ちゃんだったとね」

「の、野良猫って。おれにケンカ売ってんのっ」

「売ってないよ、その反対。野良猫ちゃんにめろめろにされたと困っているんだ。ちょっと、これはやばいほど深みにはまったかもしれない。どうしようか」

思案するように眼差しを送られて、未尋こそ困った。未尋には意味がわからないことをしゃべり続ける冬慈に、先ほどの指ペロ事件を煙に巻く気かと腹立たしいような気持ちになる、が。

「仕方ない。後戻りする気はさらさらないし、これはもう腹を括るしかないよね」

呟いて、次の瞬間——冬慈が花開くように鮮やかに笑った。

「寂しがり屋の野良猫ちゃん、おれのところにおいで」

「は……？」

「おれが未尋の家族になるよ。結婚しよう」

今度こそ未尋は固まってしまった。唖然とする未尋を、カウンターに肘をついて冬慈が間近から覗き込んでくる。

「おれももう家族はいないから、天涯孤独の身だ。勝手に親戚ヅラして近付いてくるのは大勢いるけど、家族とはほど遠いし」

一瞬だけ冬慈の唇が皮肉げにめくれ上がる。けれどすぐに未尋を見て微笑んだ。

「独り身同士、ちょうどいいだろ？　おれと結婚して温かい家庭を築こう。おれはいじめて泣かせるのも好きだけど、甘やかすのはもっと好きなんだ。未尋をとろとろに甘やかしてあげる。寂しいって言葉なんか思い出さないくらい抱きしめてあげるよ」

だから、おれのところにおいで？　と呆然としている未尋の額に、甘えるように自らのそれを押しつけてくる。覗き込む黒瞳がオレンジの光を燻《くすぶ》らせて不思議な輝きを見せていた。

「っ……」

触れ合う額から、じんわりとした熱とともに何かが自分の中へ流れ込んでくる気がした。それは心を惑わすフェロモンか、細胞レベルから人を変化させてしまう妖しげなウイルスか。

だから、胸がこんなに熱く疼くのだ。天敵の冬慈なのに、目の前の男が愛しくさえ思えてくる。このまま頷いてしまおうかと考えるほど。

「お…男同士で結婚なんて出来るわけないじゃないかっ」

けれどあわやというところで正気に戻り、未尋は思いっきり体を後ろに引いた。反動でスツールから落ちそうになる。

「未尋っ」

「冬慈さんはいっつもおれをからかって！」

カウンターに縋りついて事なきを得たが、それもあって未尋は眦をつり上げる。

「だいたい何だよ。独り身同士だからちょうどいいって、おかしいだろ。結婚は好きな人同士がするんだから。何より、冬慈さんは先生のことが本当は好きなくせに」

「そうだったかな。でも、奥さんにしたいと思ったのは未尋だけだよ」

「奥さんって、何だよ……」

セリフとは裏腹に冬慈の口調は思ったより真面目だったから、喉から出た声はみっともなくも掠れてしまった。動揺のせいか、それとも酔いに頭がふわふわするためか。冬慈の真意がいつも以上にわからなくて、未尋はカウンターに立つ冬慈をじっと見てしまう。

ゆるく首を傾げた冬慈は唇を魅惑的に引き上げた。

「ほら、それ。猫にそっくりなんだよね、大きな目で瞬きもしないでじっと見つめるしぐさ。最初はそれにやられたんだ。おれがからかうと可愛いくらい反応して背中の毛を逆立てる感じも愛らしかったし。そんな未尋がおれの奥さんだったら楽しいだろうなって、わかるだろ？」

「わ、わからないよっ」

「わからないなら、おれがじっくり教えてあげるからお嫁においで」

甘い言葉がストレートに胸に突き刺さって、未尋は一気に顔を染める。衝撃にしばし呼吸さえ止めていたようで、息苦しさに慌てて息を吸ったら喉が変な音を立てた。

お嫁？　奥さん？

動揺しすぎて目の前がぐるぐる回る気がする。あり得ないと思うのに、プロポーズしたのが男相手の恋愛にも躊躇《ちゅうちょ》しなさそうな冬慈ならとも考えてしまい、またさらに動揺を誘う。

冬慈さんがおれにプロポーズっ⁉

たび重なる衝撃にあっぷあっぷの未尋を見て、冬慈の甘やかな表情が崩れた。静かなバーの雰囲気を意識してか小さく抑えられてはいたが、口からもれるのは間違いなく笑い声。いたずらっぽい眼差しを未尋へ向けながら、冬慈は楽しげに笑っていた。

「やっぱりあんたは――っ」

まんまと騙されたっ。そうだよ、男のおれが奥さんになれるわけがないんだからっ。

怒りのままに冬慈に言葉をぶつけようとしたが、その時、冬慈が何かに気付いたように未尋にストップをかけた。

「このままここにいると仕事をさせられそうだ。未尋の隣に戻るから少し待って」

気勢を削がれた感じになって、未尋はやる方ない思いで席に座り直す。カウンターを出る冬慈を見やると、妙齢の女性に話しかけられているところだ。アルカイックスマイルを浮かべた冬慈は優雅なしぐさでその女性をバーテンダーの前へと誘導している。

他の人間には惜しげもなく見せる穏やかで優しい顔を、未尋には滅多に見せてくれない。さっきみたいに意地悪にからかってばかりで未尋を困らせるだけだ。

本当は、冬慈さんはおれのことを嫌いだったりするのかな。

「別に、嫌いでもいいけどさ。おれも…嫌いだし……」

自分の呟いた声がやけに強がっているように聞こえた。いや、心はもっと正直だ。このカウンターに座ったときの楽しい気持ちもつい今しがたの憤《いきどお》りもすっかりしぼんでしまっていた。代わりに隙間に滑り込んできたのは、先ほど思い出したひとりぼっちの寂しさ。

「――未尋？　酔っ払った？」

「違う」

「じゃ、何でそんなにぶすくれてるんだ？　唇を尖らせて」

隣に戻ってきた冬慈にちょんと人差し指で唇に触れられて、未尋は慌てて払いのける。

「べ、別に。ぶすくれてるわけじゃない。ただ――おれに結婚しようなんて言ったくせに、おれを放っておいて女の人にもいい顔してるし……」

触れられた唇を、意味もなく何度も手の甲で擦った。

「あんたが鼻の下を伸ばしてるなぁって思っただけ。さっき、シェイカーを振っていたときもえらくかっこつけてたし」

「嬉しいな、みーはバーテンダーのおれがかっこいいと思ってくれたんだ？」

「そんなこと言ってないっ」

焦って否定するが、冬慈はにやにやと笑みを深くする。

「言ってる。気付いていないのはみーが酔っ払っているせいだよ。それにヤキモチも焼いてくれたんだね。でも、大丈夫。好きなのは未尋だけだよ。放っておいてごめんね」

調子よく言う冬慈の声にほんの少し熱がこもっているように聞こえたのも、自分が酔っ払っているせいだろうか。

「預かっててくれて、ありがとう」

ハンガー代わりにされていた肩から、冬慈が自分のジャケットを取り上げる。室内は暖房が効いているはずなのに、ジャケットがなくなって何だかうすら寒い感じがした。

頭が痛い――――。

白々とした朝の光がカーテン越しに差し込んでいるのが目の端に映ったが、未尋はベッドの上に座り込み、毛布を頭からかぶったまま動けないでいた。

ずきずきと脈を打つように痛む頭には、それでもしっかり昨夜の記憶が残っていた。

バーで飲んでいる途中でものすごく眠くなってスツールの上でフラフラ揺れていたら、冬慈に抱えられるようにここに連れて帰られたのだ。多分、バーと同じ階にあるという冬慈のプライベートスペースだろう。

柔らかいベッドに寝かせられて体を丸めた未尋に、冬慈がもらした呟きさえ覚えていた。

『未尋は本当に猫だな。早くうちの子になればいいのに』

こめかみに触れた優しい唇の感触とともに——。

何がうちの子だ。人を猫扱いしてとムッとしながらも頭を撫でる大きな手がとても気持ちよくて、その手に逆に頬を擦りつけたことも。

「酒って怖い……」

冬慈の唇が触れたこめかみを無意識に擦りながら、未尋はまたベッドに突っ伏した。

もう二度と酒など飲まない。

強く誓ったとき、ノックとともにドアが開いて未尋はびくりと硬直した。

「みー？　もうそろそろ起きて……何してるのかな？」

頭からかぶっている毛布をくいくいと引っ張られて、未尋は慌てて剝《は》がされないように毛布を押さえ込む。

「ずいぶん楽しいことをしている」

舌なめずりするような声を合図にしばし毛布の引っ張り合いが始まったが、冬慈に力で勝てるわけがなく、最後には圧倒的な強引さで剝ぎ取られてしまった。

「おはよう、みー。寝起きも可愛いね」

未尋は渋々体を起こして、ふてくされて冬慈を見上げる——が。

「おはよう…ございます」

いつもは後ろへ流していた黒髪を下ろして、ヘンリーネックTシャツにデニムというナチュラルな冬慈の姿を、未尋は一瞬何もかもを忘れてぽかんと見た。スーツを着ているときはずいぶん大人に見えるのに、こんな姿だと自分とあまり変わらない年齢にさえ思えてしまう。

「昨夜のこと、今の様子では全部覚えているみたいだね？　嬉しいよ」

冬慈のひと言で、まだどこかぼうっとしていた頭が今度こそ覚めた。赤面して、未尋は恨めしく冬慈を睨《ね》め付ける。

「……覚えてない。まったく、何も、おれは覚えてないから」

「ふぅん？　未尋が『お嫁さんにして～』と、おれに可愛く抱きついてきたことも？」

「そんなことやってないだろっ」

とんでもない虚言を反射的に否定したら、冬慈がニヤリと唇を歪めた。嘘を暴かれたことに気付いて、未尋は気まずさにそっぽを向く。

「どちらにしろ、未尋が覚えてなくてもおれが覚えているから問題ないけどね。さぁ。もうご飯が出来るから、シャワーでも浴びておいで」

小手先であしらわれて唇を尖らせるが、押し込まれたバスルームで熱めのシャワーを浴びると頭痛もずいぶん楽になって気分もさっぱりした。けれど、置いてあったボディシャンプーを借りたせいか自分の肌から冬慈の香りがして妙に落ち着かない。

それに、寝室やバスルームやリビングへと繋がる廊下にいたるまで、すべての空間が広くて完璧に整えられているのも未尋は気になってしまった。おしゃれなインテリアや家具が並んだ埃ひとつ見当たらないきれいすぎる部屋は、雑誌に載っているようなショールームか何かのようで生活臭をまったく感じない。人が住んでいるようには見えず、未尋にはとても寂しい部屋に思えた。ひとつひとつの空間が広いことも、それを助長する。

コタツしかない狭くて散らかったおれの部屋の方が温かく思えるなんて、変なの……。

複雑な思いでリビングに入って行くと、コーヒーケトルを傾けている冬慈と目が合った。

「いいタイミングだよ。ちょうど美味しいコーヒーが入ったところだ」

自分で美味しいって言うんだ。

いつもの未尋だったらそう言い返しただろうが、昨日の醜態を思うと神妙な態度を取らざるを得ない。天敵だったはずの冬慈にずいぶん迷惑をかけたのだ。昨夜の自分の失態をどれほど悔やんでも時間は戻らないのが口惜しい。

「――さっきと違って、ずいぶん大人しいね。いったいどうした？」

ビルの地下にあるブーランジェリーから毎朝取り寄せているという焼きたてパンはまだほんのりと温かい。トマトを焼いたものなど初めて食べたがなかなか美味しかった。目玉焼きもカリカリ白身にとろりとした黄身がまさに自分好みだ。

二日酔いでも食欲は落ちないらしいと黙々と食べていた未尋に、とうとう冬慈が突っ込んでくる。知らんぷりしたかったけれど、それでは潔くないと未尋は観念してフォークを置いた。

「昨夜は、すみませんでした。ご迷惑をおかけしました」

「迷惑？　みーがおれに？　何かしたっけ」

「だからっ。ふらふらになるまで酔っ払ったりここに連れてきてもらったり、冬慈さんのベッドを占領したりしてすみませんでしたって言ってるんだよっ」

未尋の口からそれを言わせるとはやはり冬慈は意地悪だと眉をつり上げるが、当の男は本当に意外そうに目を丸くしていた。

「何だ。それを気にして大人しかったわけ？　ふふ。みーって、おれには悪ぶってみせるけど本当は素直でいい子なんだよね」

「いい子って、おれはもう子供じゃないよ。もう二十歳で、大人なんだから」

「そうだった。だからお酒も飲めるんだったね」

昨夜の醜態を揶揄《やゆ》するような発言に、未尋は唇を噛んで冬慈を睨みつけた。

見つめ合って、睨み合って、数秒——冬慈が噴き出すように小さく笑う。

「そのくらい元気な方がみーらしいよ。そんな未尋の方がおれは好きだな」

しみじみと言われて、その声に宿る本気めいた響きに心臓が大きく跳ねた。

昨夜、冬慈にくっつけられた額を通して侵入してきた何かが、またぞろ胸の内側で騒ぎ始めた感じがする。

「う……うるさいっ」

何だかすごくおかしい。天敵であるはずの男におれがドキドキするなんて。

「でも、昨夜のことで思ったけど、未尋は少し酒は控えた方がいいな。いっそのこと飲酒は厳禁にした方がいい」

平常心を取り戻そうと顔をしかめていた未尋だが、冬慈からの禁酒令にはぎょっとした。

「え、何で？　おれ、昨夜はそんなにひどかった……？」

「ひどいんじゃない、可愛かったからだめなんだ。普段はツンツンしている未尋が、酒が入るとふにゃっとするよね。甘えたがりになるし。そんな未尋を、やっぱり他の人間には見せたくないなぁ。だから、外での飲酒はだめ。あ、おれの前で可愛くなるのは大歓迎だよ」

返ってきた答えに、自分の目が据わっていくのを自覚する。怒りと恥ずかしさに腹の底がふつふつと煮えたぎるが、心臓の鼓動も小さく弾んでしまうのはなぜだろう。

「だからね、未尋がお酒を飲みたいと思ったときは『ラグラス』においで」

テーブルの向かいで色気たっぷりに微笑んだ冬慈に、未尋は声を大きくして言った。

「誰が行くか。ばかっ」

「みーは背中に目がついているのかな。それとも、猫の視界ってそんなに広かったたっけ？」

後ろから抱きつかれようとしたのを一瞬前に察知した未尋が大きく飛びのくと、ため息とともにそんな言葉をかけられた。ふざけたことをぬかしているのはもちろん冬慈だ。甘い美貌に意地悪な表情を貼り付けている冬慈は、色悪めいたあでやかさでショップスタッフも見とれるほどだが、からかわれている未尋としては憎らしい顔でしかない。

「もうっ、いい加減おれを猫扱いするのはやめろって言ってるだろ！」

「うーん。最近、成功率が低いな。猫は猫でも、みーはだっこが好きな猫であって欲しいな。おれの可愛い子猫ちゃんはご機嫌斜めなのかな。嫌そうに眉間に寄せるしわも可愛いけど」

人の話を聞きもしないで冬慈は未尋の額に指を伸ばしてきた。未尋は全力で嫌がるのに、猫好きが嫌がる猫を構い倒す勢いで冬慈はスキンシップを図ってくる。

っ、人の話を聞けって。ちょっ……触るなっ。ばか、嫌だって言ってるのに、聞けよっ」

からか、ショップスタッフたちも笑うだけで未尋を助けてはくれない。

「浅香先生まで笑わないでトさいっ」

先日バーで醜態をさらしてしまい、冬慈にはしばらく会いたくないと思っていた未尋だが、冬慈がオーナーをしている飲食店に定期的に花のメンテナンスに行かなければいけないのだから仕方がない。その上、近々その飲食店で浅香がフラワーアレンジのイベントを行うため、冬慈の方から頻繁にショップへ姿を見せるようになったからたまらなかった。

毎日に近い頻度で顔を合わせる冬慈は当然のように未尋をからかい、甘い言葉を囁きながらセクハラまがいの接触を図ってくる。それを見て浅香は苦笑し、周囲は仲がいいと笑う。いつしか、冬慈が来たら当然のように未尋の居場所が告げられるほどだ。

「わかった、わかったから。もう降参だ」

今日の猫パンチは強力だとようやく身を引いてくれた冬慈だが、見下ろす瞳には蕩《とろ》けるような優しい気配が漂っていて、未尋の胸はぎゅっと切なくなった。

だから、何でそんな目をするんだよ……。

思わず唇を尖らせたくなる。

先日のバーの夜から冬慈の意地悪さが変にパワーアップした感があって閉口していたが、それ以上に未尋を困惑させているのは時にこうして見せる冬慈の甘やかな表情だ。

どんな意図で冬慈が構ってくるのかはわからないが、冬慈からちょっかいをかけられると未尋自身も過敏に反応してしまうため困っていた。冗談でも優しく見つめられたり甘やかすような言葉を言われたりすると、一瞬でも胸はドキドキと高鳴ってしまう。揺れ動く自分の気持ちに裏切られ感を覚えた。

「も、もうっ。髪がグチャグチャじゃないか」

ちょっと優しくされたからってこんな簡単にほだされてどうするんだよ、おれっ。

ことさら声を尖らせて嫌そうな顔を作って、未尋は髪を撫で付ける。

浅香を好きだと公言するくせに自分にもちょっかいをかけてくる不埒な冬慈など、本来未尋が一番嫌悪すべき人物のはず。人をからかって冗談ばかり口にする冬慈の言葉など信じられるわけがない。ピンク色のフェロモンをまき散らす男の手管なんぞに乗せられてなるものか。

何度も自分に言い聞かせて、見ないふり聞かないふり知らないふりを続ける。冬慈に背中をむけて日々自己防衛を図っていた。

必死でそんなことをしなければいけないことが、もう手遅れなのかもしれなかったけれど。

「朝礼を始めます。みんな集まって」

ショップオープンの十分前。開店準備で忙しいながらも、『スノーグース』では全スタッフを集めてミーティングが行われる。最近ようやく花の下処理を任されるようになった未尋《みひろ》も、手を止めて立ち上がった。

朝礼では本日入っているアレンジ等の予約確認やショップに入ってきた新顔花の紹介、ショップ内での小さな注意事項などがてきぱきと話されていく。いつもならここで解散となるのだが、今日は珍しく浅香《あさか》が話があると手を挙げた。

「みんな、もう知っていると思うが。再来週に開かれるイベントのため、おれがショップに立つ時間がどうしても減って――」

三週間後の三日間、欧州に母体を持つジュエリーウォッチ『サガン』の新作ウォッチと浅香のフラワーアートを用いてのコラボエキシビションが、冬慈《とうじ》がオーナーをしているイタリアンレストランで開催される。取材の申し込みが引きも切らない注目のエキシビションで、浅香のアシスタントである未尋たちは前準備もあってすでに全容を聞かされていたが、ショップを中心に働いているスタッフは初めて聞く内容もあるらしく、皆興味津々《しんしん》に耳を傾けていた。

「で、今回イベントのためのスタッフに野辺山《のべやま》チーフと田川《たがわ》、そしてアシスタントとして未尋に頑張ってもらうことになった」

浅香の言葉に未尋ははっと息をのむ。

おれが浅香先生の単独アシスタント？

目を白黒させる未尋と目が合った浅香は、苦笑して頷いた。

「未尋には見聞を広める意味も込めて今回はアシスタントに大抜擢した。だからって、楽をさせるつもりはないからしっかり働けよ」

「はい！」

何度も頷くと周囲のスタッフたちから歓迎の拍手とエールが送られて、未尋は嬉しさから口元がむずむずする。

「じゃ、おれからは――」

「ちょっと待って下さいっ」

締めの言葉に入ろうとした浅香を遮《さえぎ》ったのは、隣にいた沢田《さわだ》だ。

「白柳《しろやなぎ》をエキシビションのアシスタントにするなんて、おれは納得出来ませんっ」

尖った声で言い捨てると、きつく目を眇《すが》めて未尋を指さしてくる。

「こいつ、まだろくに何も出来ないじゃないですかっ。『ブノア・ラカン』卒業生のおれと違って、ここに入るまでまともに花を触ったこともなかった人間ですよ？　まだアシストが出来るわけがない。先生の足を引っ張るだけです」

「沢田、落ち着け。今の未尋は何も出来ないわけじゃないだろう。アレンジの基礎もきちんと身についてきている。確かに実践はまだだから、これから猛勉強してもらうがな」

浅香の言葉に未尋は頷くが、沢田は激憤したようにメガネの奥の細い目をつり上げた。

「冗談じゃないですよ、こんなヤツに何が出来るって言うんですか。白柳、おまえもなに調子づいてんだ、とっとと辞退しろよっ。何にも出来ないおまえに務まるわけがないだろ」

「沢田、いい加減にしろ。今回未尋をアシスタントに決めたのは未尋にしか出来ない役割があってのことだ。それに、沢田は仕事がちゃんと出来るからこそ通常業務のアシストに回ってもらうことにした。ショップの運営を考えての人選だ、聞き入れろ」

「でも、先生っ」

「おい、もう開店時間だぞ。今日の朝礼はこれで終了だ、解散。沢田は一緒にこい」

朝礼を終わらせて、浅香は顔をこわばらせている沢田を事務所へと連れて行った。

「頑張ってね、未尋くん」

「すごい大抜擢だな、白柳。頑張れよ」

沢田の剣幕には圧倒されたが、スタッフたちから次々と話しかけられると、自分が浅香のアシスタントに任命されたことにようやく実感がわいてくる。

「――そうだ、頑張ろう」

実際、沢田の言うことも一理ある。まだろくに花を扱えない未尋をアシスタントスタッフに抜擢してくれた浅香の信頼に応えるべく全力を尽くすのだ。

小さくガッツポーズを作って気合いを入れ、未尋はやりかけの仕事へと足早に戻っていった。


昨夜からの雨がなかなかやまないその日は、未尋にとっては厄日だった。

前日、社外秘だというコラボエキシビションの書類を貸してもらったため、遅くまでショップに居残って勉強したせいか、今朝は思いもかけず寝坊をしてしまった。それを始めに、出勤中に傘をさして突進してきたOLを避けようとして自転車ごと転び、水たまりに突っ込んだ。大してケガはしなかったものの、そのせいで遅刻すれすれでショップに滑り込む羽目になる。また服も汚れてしまったため、ショップスタッフ用の制服を借りたのだが、女性サイズでまったく困らなかったことも災難のひとつに数えたい。

「はぁ、まったくついてない」

ショーウインドーに映る自らの細い体を横目で睨みながら、未尋は呟く。

イベントのアシスタントに抜擢されて一週間。

沢田はまだ納得していないのか、いつも以上に未尋の言動に文句をつけてきて困っていた。

イベントのために忙しい浅香をアシストしたいのに、それを邪魔するように小さな用事を言いつけてくる。元々裏方作業を嫌っていた沢田だから、それまで沢田の代わりに作業の一切を行っていた未尋がいなくなるのが腹立たしいのかもしれない。

「未尋、エキシビションの書類っておまえが持ってるだろ」

配達から戻ってくると、待っていたように浅香から声をかけられた。

「すみません、今すぐ持ってきます。あ、でも昨夜は言われた通りにちゃんとロッカーに鍵をかけて置いて帰りましたから」

「わかってる。未尋はそうやってきちんと出来る人間だから、おれも信用してる」

浅香が満足げに頷くのを見て、未尋は口元を緩《ゆる》ませながら歩き出す。

時間的に誰もいないと思っていたスタッフルームには沢田がいた。入ってきた未尋には気付かず、ロッカーを開けようとしているのだが。

「沢田さん？　そこ沢田さんのと違いますよ。そこは、おれのロッカーです」

声をかけると、沢田が飛び上がるような勢いで振り返った。あまりに過敏な反応ぶりに未尋の方がびっくりしたくらいだ。

「あ…あぁ、そうだった。ぼんやりしてた」

しかも、自分のロッカーを開けもせずにまた慌ててスタッフルームを出て行く。未尋は首をひねりながら書類を取り出し、また間違えられたらたまらないとしっかりロッカーの施錠をした。イベント関係者と打ち合わせだという浅香に書類を渡して事務所に戻ると、何やら皆が集まって深刻な顔で騒いでいる。

「何？　何かあったわけ？」

「昨日の売上金がなくなってるって」

仲のいいショップスタッフから聞かされて、未尋は金庫やデスクが鎮座《ちんざ》している事務所奥のスペースを見る。ひどく深刻な顔で話しているのは野辺山と田川だ。

「野辺山チーフが勘違いしているんじゃなくて？　金庫に入れたと思い込んで、本当は違うところに置いたとか」

「そうだよね。じゃないと、下手すればスタッフの誰かがって可能性も出てくるし」

ショップには珍しく客がいないらしく、子細を聞いたショップスタッフも駆けつけてきていた。背後で交わされる会話に、未尋は胸苦しい気分になる。

事務所内が重い雰囲気に包まれたとき。

「スタッフのことは疑いたくないですけど、怪しい人物は確かにいますよ」

「沢田くん？　何言ってるの」

「白柳です。あいつ、昨夜は遅くまで事務所に残ってたんですよ。夜中に店の前を通ったとき、まだ明かりがついてたし。その時に盗ったたんじゃないですか」

沢田の発言に、未尋は日をむいた。

「沢田さん、勝手なことを言わないでくださいっ。昨日はエキシビジョンのことで勉強していただけです。それに関しては浅香先生にきちんと許可をもらってますから。おれは売上金なんて絶対盗ってません。第一、おれには金庫は開けられません」

「勉強って、それただのフェイクだろ。おまえの話は何ひとつ信用ならねぇんだよ。おれのハサミを盗ったって前科もあるし、おまえが一番怪しいだろ」

一方的に責められて、未尋は萎縮しそうになる心を必死に奮い起こす。

「言いがかりもいい加減にして下さいっ。前の——その沢田さんのハサミもおれが盗ったんじゃないって証明されたじゃないですか。今回もおれじゃありません」

「そうね、未尋の言う通りだわ。同じスタッフを泥棒扱いするのはやめてちょうだい。それに未尋は関係ないと思うわ。売上金が朝の段階で金庫にあったのは私が確認してるから」

野辺山の落ち着いたフォローに未尋は心底ほっとする。けれど、沢田は宥《なだ》められてさらにカッとしたように声を張り上げた。

「じゃあ、朝から今までの間で盗ったんですよっ、白柳が。だって、こいつが一番怪しいんですから。こいつ金に困ってるんです。借金抱えてて、借金取りから電話がかかってくるようなヤツなんですから」

沢田の言葉に未尋はハッと息をのんだ。

そうだった。沢田には借金していることを知られていた。

でも、だからってそれで疑うなど……。

「そうだろ。おまえ借金を抱えてて、金に困ったからとうとう店の金に手を付けたんだろうが。正直に白状しろよっ」

沢田の言葉に、事務所の空気がしんと冷えていくのを肌で感じた。未尋を見る皆の目が、疑いの色に染まっていくように思えた。

違う。借金を抱えてるからって人のものを盗ったりするものかっ。

そう言いたいのに胸がつまり、喉がからからに干上がって声が出てこなかった。足が震えて、何もかもを放り出して逃げ出したくなる。

誰も信じてくれない。おれの言うことなど誰も取り合ってくれない。

過去の再来だ――――。

パニックを起こしかけた未尋の耳に、しかしとある言葉が蘇ってきた。

『未尋がきちんと話してくれるなら、おれも浅香も疑ったりしない。ちゃんと信じるから』

同じようなことを浅香にも言われたのに、この瞬間未尋が思い出したのは冬慈の言葉の方だ。

真摯な声も鮮やかに思い出されて、未尋を勇気づける。

そうだ。過去の再来ではない。今は小学生のときとは違うのだから。冬慈や浅香のように未尋を信じてくれる人がいる。

「おれは……盗っていません」

ひりつくような喉を懸命に押し広げて、未尋は声を出す。

『沈黙は美徳でも何でもないだろ』

黙っていたって血路は開かれない。

「おれは盗っていません。借金しているのは本当ですが、お金に困ってはいませんから。今までも人のものに手を出したことはありませんし、考えたこともないです。さっきも言いましたが、そもそもおれは暗証番号を知らないので金庫を開けることは出来ないと思います」

「はっ。金庫の番号がわからないって、誰かが開けているのを後ろから盗み見たりすれば簡単にわかるだろ。そんなんじゃ、言い訳にもならないんだよ。しかも『金に困っていません』だって？　嘘つけ。電車代を出せないから毎日雨の日も自転車で通ってんだろ」

「沢田さんはどうしておれを犯人だって決めつけるんだよっ。そんなにおれが怪しいって言うんなら警察でも何でも呼べばいい。身体検査でも何でも徹底的に調べてもらえば、おれがやったんじゃないってわかるから」

未尋は自信を持って啖呵《たんか》を切った。反撃するかと思った沢田だが、言われて悔しそうに未尋を睨みつけるが口は開かなかった。激昂しすぎて声が出ないのかもしれない。

「ふたりともやめなさい。未尋が盗ったとは誰も思っていないからあなたも少し落ち着いて。沢田くんもいい加減にしてちょうだい。憶測だけで人を泥棒扱いするのは失礼よ」

「でもっ、白柳には借金が――」

「沢田くんっ。たとえ未尋に借金があったとしても、だからって他人のものに手を出すような人間かどうかはスタッフとして付き合っていればわかるでしょう？　それがわからないのなら、あなたの付き合い方に問題があると思うわ」

野辺山の言葉にその場にいる皆が頷くのが見えた。

信じて、くれた――？

スタッフたちを見回すと、わかっているというようにちゃんと見返してくれる。胸がジンと熱くなって、未尋は何度も瞬《まばた》きを繰り返した。

「この件については浅香先生に相談してきちんと処理をするから、皆はこれ以上心配しないで。もしかしたら、浅香先生が何かご存じかもしれないしね。ほら、ショップにお客さまがいらっしゃってるわ、急いで仕事に戻って」

野辺山の手拍《てばた》きを合図に、皆がようやく仕事に戻っていく。が、それでも納得いかない顔でひとり事務所に突っ立っている人物がいた。肩を怒らせ、敵愾心《てきがいしん》むき出しに未尋を睨み続けているのは沢田だ。

「未尋、少し早いけれど先にランチを取ってきて。それから沢田くんはちょっと残って」

野辺山に頷いて、未尋は沢田の視線を避けるように背中を向けた。ロッカーから財布を取ってスタッフルームを出ようとしたとき、ショップスタッフのふたりと行き合う。

「未尋くん、災難だったよね」

「いえ、皆が信じてくれたからもういいです」

逆にずっと巣食っていたトラウマが払拭《ふっしょく》された気がして清々しいくらいだ。

「それならいいけど。でもさ、沢田って最近なんかヤバくない？」

ショップでも古株女性スタッフの笠井《かさい》が神妙に眉を寄せる。

「さっきの売上金がなくなった件。実はあれ、沢田が一番怪しいんじゃゃって、今話してたところなんだ」

「どういうことですか？」

やけに確信を持って言う笠井に、未尋は慎重に訊ねた。すると、笠井は隣に立つ同僚と意味ありげに視線を交わしている。

「清水《しみず》がね、三十分ほど前に沢田が事務所に入っていくのを見たって言うの。ほら、今日はM

商事の異動日だったせいでブーケの注文が多くて私らショップスタッフは皆バタバタしてたでしょ？　で、未尋くんは私らの代わりに配達に走り回ってくれてて、でも沢田だけはまったくのフリーだったわけ」

「でも、それは確か――」

未尋が口を挟もうとしたら、笠井はわかっているというように頷く。

「うん、沢田は午後いちのアレンジメント教室の準備要員だったわけだけど。でも、その沢田が人目を忍ぶようにコソコソ事務所に出入りしてたって言うの。で、その後にこの騒ぎでしょ。だから、ちょっとねぇ」

笠井が可愛がっているショップスタッフの清水はずいぶんこわばった顔をしていた。

「でも、沢田さんはおれと一緒でまだ金庫は開けられないはずですよ」

「だから、それはさっき沢田自身が言ったじゃない。誰かが開けるのを盗み見ていれば暗証番号ぐらいわかるって。ね、清水」

「ええ。沢田くんて、エキシビションのアシスタントに抜擢されなかったとき以来、何だか未尋くんの邪魔ばっかりしてたよね。そういうの、前々から嫌だなって私は思ってたの。未尋くんは沢田くんとよく一緒にいるけど、何か変だなって思ったことはない？」

おっとりとした清水にまでそう問われて、未尋は困惑する。

「変だなっていえば、さっき自分のロッカーとおれのロッカーを間違えてたぐらいかな」

だから冗談のつもりで未尋が言うと、笠井の顔が険《けわ》しくなった。

「それって、沢田が未尋くんのロッカーを開けてたってこと？」

「うん。でも今日は珍しく預かりものがあったからロッカーには鍵をかけてて。だから開かなくて沢田さんがけっこう無茶してガタガタ言わせてたんだ」

首を傾げながら未尋が言うと、笠井は眉を大きくつり上げた。

「何のんびり言ってんの。それ、きっと未尋くんに罪を被せようってつもりだったんだよ。盗った売上金を未尋くんのロッカーに投げ込んでおいて、あとから調べて『ほら、ありました』なんて魂胆だったんじゃない？　あぁ、やっぱり沢田は怪しいって。野辺山チーフに言ってこなきゃ。もしかして、今だったら売上金は手元にあるかも」

笠井のセリフに未尋はぎょっとした。清水を引っ張るようにまた事務所へと戻っていく笠井を見送り、未尋はゆっくり歩き出す。

沢田が金を盗んで、自分に罪を被せようとした？

事務所の扉はきっちり閉まっていて、中の様子は窺えなかった。未尋は少しだけ考えて踵《きびす》を返す。もう少し冷静に考える時間が欲しかった。

朝まで降っていた雨はもうやんでいたが、ビルの中庭の木立はまだしっとりぬれていた。それでもどうにか乾いたベンチを探して、未尋はサンドウィッチにかぶりつきながら沢田のことを思う。どうしてそんなに自分を目の敵にするのだろう、と。

借金があるから金を盗ったと決めつけたのもそうだが、未尋を蹴落とすために沢田が本当に盗難をしたのであれば、それはずいぶん深い恨みのような気がした。

原因があるとすれば、未尋が何の知識も持たずにこの世界に飛び込んできたこと。有名な賞を取って鳴りもの入りで雇われた沢田と素人同然の未尋が同じ土俵に立つのが許せないというのだろう。未尋も今は必死で勉強しているが、そんな未尋の姿勢は関係ないようだ。

そして、今回のエキシビションのアシスタント抜擢だ。

未尋はついため息がもれる。

原因らしきものを色々考えてみるが、自分にはどうしようもないことだらけだ。

「仕方ないよね。後ろ指を指されないよう、午後の仕事を頑張ろう」

沢田の心の問題が大きい以上、自分がやるべきことは目の前の仕事を全力でやること。それを続けていったら、そのうち沢田もわかってくれるかもしれない。

膝に落ちたパン屑を払って立ち上がったとき、赤い実をまだ残しているソヨゴの木の向こうに冬慈の顔が見えた気がして、未尋は目を眇めた。

「あれ、冬慈さんと浅香先生？」

洒落たカフェの窓際のテーブルに、冬慈と浅香、そして野辺山が顔をつきあわせていた。一方的に発言しているのは深刻な表情を浮かべる野辺山だ。そのため、さっきの盗難事件の話をしているのではないかと推測する。

おれじゃないって、ふたりも信じてくれるよな……。

そう思いながらも、今まで見たことがない険しい表情の浅香やしかめっ面の冬慈に、未尋は不安で胸がざわざわしてくる。

野辺山が席を立っていく。残されたのは冬慈と浅香。特に浅香はうなだれたままだった。

浅香先生……？

いつもと様子が違う浅香が少し心配になって、未尋はカフェの方へと歩き出す。

「あ……」

しかし、未尋はすぐに足を止めてしまった。

冬慈が隣に座る浅香の肩を親密な様子で抱き寄せたからだ。冬慈の顔はいたわりに満ちていて、浅香のことが大切でたまらないとひと目でわかるものだった。

男同士で寄り添っているというのに、憂い顔の浅香とそれを庇護する冬慈の姿は、洒落たカフェの雰囲気も相まって一幅の絵のようにぴたりとはまっている。

まるで、恋人同士みたいだ……。

それを見て、未尋はなぜか全身が固くこわばる感じがした。

何だろう、すごく胸が痛い。

ふたりは仲のいい親友同士で、冬慈が浅香を好きだと言って憚《はばか》らないのも未尋は見知っていたのに、なぜ今こんなにも胸が軋《きし》むのか。親密すぎるふたりの姿にショックを受けたような気になっているのか。

そんな時、冬慈がふと顔を上げて窓の外にいる未尋を見つけた。しかし――冬慈の表情はいつものように未尋を見ても少しも緩まなかった。どころか、未尋を認識してその瞳を曇らせてしまったのを目の当たりにし、未尋は愕然とする。

そして来るなと、あっちへ行けと言わんばかりに冬慈が小さく顎《あご》をしゃくったのを見て、胸の内側でパリンと音がした。

「っ……ぁ……」

こわばりついていたのは心だったのかもしれない。それが、今の一瞬でばらばらに砕け散った気がした。鋭角な欠片となって、ざくざくと胸の内側に突き刺さっていく。

「痛……」

胸が痛い、痛くて苦しい――っ。

すぐに未尋は踵を返した。まるで逃げるように走り出す。

「信じないでよかった」

未尋は小さく呟いていた。

ほら、やっぱり冬慈さんは浅香先生が好きなんじゃないか。

好きだよとか家族になろうとか、あの言葉を信じてその気にならなくてよかった。

「危ない、ところだった――……」

ぐぅっと喉をせり上がってきた何かに呼吸が妨げられ、未尋は何度も喉元に爪を立てる。

「違うっ。あいつの言葉なんて最初から信じてないしっ」

いつも同じように浅香と未尋をからかって口説いていても、ここぞというときにはこんな簡単に扱いを変えてしまう。未尋に何だかんだ言っても、冬慈は本当に大事なときには浅香とふたりきりの時間を誰にも邪魔されたくないのだ。

だから、視線で未尋を拒絶した。来るなと合図したのだ。

「冬慈さんなんか、天敵だし、本当に大嫌いだったんだから」

あんな男のことなどこれっぽっちも信じてない。信じるわけないじゃないか。

そう思っているのに、どうしてこんなにも裏切られたような気持ちになるのだろう。

胸がきつくよじれ、引き裂かれていくような痛みに、未尋はぐしゃぐしゃに顔を歪める。

引きつれたような呼吸が止まらなかった。

「やっぱり、大嫌いだ」

「みー、未尋、ちょっと待って」

「うるさい、仕事中に話しかけんなっ」

その日、午後に入ってすぐにやってきた冬慈が「さっきはお昼だった？」などと軽く笑いながら話しかけてきて、その瞬間目頭が熱くなって未尋は慌てて視線を逸らした。

先ほどの、浅香とふたりだけの時間を大事にするために未尋をおざなりに追い払ったことを、冬慈はこれっぽっちも気にしていないと思い知らされたせいだ。自分が、冬慈にとってそれほど取るに足らない存在だったのだと見せつけられた気がした。

別に——邪険にしたことを謝って欲しかったわけではない。それでも、先ほどのことを冬慈がほんのちょっとでも悪いとか申し訳ないとかそんな気にするそぶりを見せてくれたら、気持ちは救われていただろう。冬慈の中に少しだが自分も確かに存在するのだと思えたはずだ。

けれど、冬慈は何もなかったみたいにスルーした。

自分の存在の軽さに、改めて未尋は頭を殴られるほどのショックを覚えていた。

ふだん未尋へかける好さだの可愛いだのという冬慈の言葉がどれほど軽薄なものだったか証明された気がして、冬慈の言葉に気持ちを揺らしていた自分がとてもみじめに思えた。いや、みじめ以上にやはり悲しい——。

「未尋っ」

だから冬慈を拒絶するために背中を向けた未尋だが、その姿に何かを感じたらしい冬慈から執拗《しつよう》に追いかけ回されていた。

「もしかしてさっきのことで何か怒ってるのか？　だったら謝るよ。ちょっとタイミングが悪かっただけなんだ。謝るから、そんな泣きそうな顔で黙り込まないで。言いたいことがあるならいつものようにおれにぶつければいい。ひとりで抱え込まないで、未尋？」

そんなこと言って——っ。

未尋はぐっと奥歯を嚙みしめる。

これまでだったら今の言葉に少しはほだされたかもしれない。けれど、もうそんなばかなことは考えない。冬慈が隠している本心を自分はもう知ってしまったのだから。

冬慈が本当に好きなのは浅香。冬慈の中に未尋は存在していないのだ。

すべてはフェイク——未尋が浅香の弟子だったから冬慈はからかっていただけで、もしかしたら、本命の浅香の気を引くためにちょっかいを出されていたのかもしれない。

そう思うと、もう未尋は冬慈に軽口さえ叩けなくなっていた。

「未尋」

腕を掴まれそうになり、未尋はとっさに冬慈の手を振り払う。

「触るなっ」

全身で冬慈を拒絶した。

髪の毛ひと筋にでも、爪の先にでも、ほんの少しでも冬慈に気持ちを残していたら、そこから一気に冬慈へと心が傾いてしまいそうだった。言っても詮《せん》ない恨みごとをみっともなく吐き出してしまいそうな感じがした。

「おれに、もう触るな……」

言って、未尋はきつく唇を嚙みしめる。

そうだ。自分の気持ちは冬慈へ傾いてなんかいない。冬慈のことなど大嫌いなのだから。こんな思い、自分は絶対認めない。

「未尋……」

ショックを受けたような顔を見せる冬慈に、自分の方が傷ついているのにと未尋はさらにひどい言葉を投げつけたくなった。

「冬慈、未尋は仕事中だぜ。うちのスタッフを追いかけ回すのはやめてくれ」

その前に浅香が話に割って入ってきた。

「今おれたちは仕事中でここは仕事場だ。それ以上、未尋の仕事の邪魔はするな」

「そんなことはわかってる。でも、今はそれどころじゃ――」

「何度も言わせるな。そもそもは、今までからかってばかりで信頼関係を築かなかった冬慈が悪いんだろ、自業自得だ。フォローしたければアフターでやれ。といっても、コラボエキシビションが終わるまで未尋のアフターはぎっちぎちだ。従って、イベントが終わるまで待ってろ」

「そんな悠長な――」

「冬慈」

まだ何か言い募ろうとした冬慈を浅香がぴしゃりと遮った。

「来い、未尋。ミーティングを始めるぞ」

「――未尋」

浅香に呼ばれて歩き出そうとした未尋に、背後からまた声がかかった。

「エキシビションが終わったあとだ。その時は逃がさないから、覚悟しておいて」

決意を秘めた声はやけに静かで、そして物騒だった。思わず振り返りたくなったけれど、未尋は奥歯を噛みしめて前を向き直す。浅香の背中を追いかけた。

「あいつを本気にさせたな、これからが大変だ。おれにはご愁傷さまとしか言えないぜ」

「浅香先生？」

「いや、ひとりごとだ。でも、いったいどうしたんだ？　おれが怒ってやるから話してみろよ」

前を歩いていた浅香が歩調を緩めて未尋の隣に並ぶ。ふわっと長めの髪を耳にかけながら未尋を見下ろしてくる浅香は決して女性的には見えないが、美人という形容がよく似合う。

浅香先生って、やっぱりきれいだな。こんな大人できれいな浅香先生の方が、誰だっていいに決まってる。実力もあるフラワーデザイナーだし、冬慈さんだってだから好きなんだ。

「っ……」

一瞬泣き出しそうになって、未尋はぐっと喉をつまらせる。

先ほどカフェでふたりが寄り添っている姿も、男同士だというのにやけにお似合いだった。

「何でも、ないんです」

尊敬する浅香なのに、冬慈のせいで真っ直ぐ見られなくなった気がする。

冬慈が悪い。何もかも冬慈のせいだ。

すべてを冬慈に押しつけて、未尋は気持ちを静めてからようやく顔を上げた。

「おれ、仕事に生きるんです。浅香先生のようなアレンジが出来るように一生懸命頑張ります」

「――そうか、頑張れ」

もう浅香は何も聞かず、未尋の頭を撫でてくれた。

仕事に生きる――それが一番正しい気がする。好きだの嫌いだのにうつつを抜かすより、夢であり、生活の糧《かて》であるフラワーデザインの仕事に打ち込むのだ。

そう思って頭の中にも心の中にも少しの隙間も作らないように走り回っていた未尋だが、来週末に迫っているコラボエキシビションのおかげで、くしくも願いは叶っていた。というより、目が回るような忙しさに見舞われて他のことを考える余裕がない。夜も気絶するように眠ってしまうぐらいだ。

それでもふとしたときに、じくじくとした胸の痛みを思い出す。今は忙しさに紛らわされているけれど、エキシビションが終わったらどうなるのだろうと少しだけ怖かった。

「――あぁ、そんな感じ。やっぱり未尋には伝わるな、助かるよ。おれにはまったく絵心がないし、パソコンの扱いも苦手だからな」

ろくに花も扱えない未尋がコラボエキシビションで役に立てるだろうかと心配したけれど、浅香が一番に求めたのはスケッチだった。

今度のエキシビションは、コラボと名がつく通り新作ジュエリーウォッチと並び立つようなアーティスティックなフワワー作品に仕上げる必要がある。ジュエリーウォッチ『サガン』からの要求も厳しく、普段は浅香の感覚を信用して一任されるのに、今回は具体的なものを事前に求めてきたらしい。スケッチはそれに大いに役に立つというのだ。

「でも、本当にこんなスケッチで『サガン』の担当者は納得してくれるんですか？」

「昨日描いたヤツは、担当者を唸らせたぞ」

「それ、浅香先生の作品がすごいからだと思います」

「未尋はひいき目が入るからな。だが、おれの思い描いている作品を、雰囲気も色彩感覚もそのままに表現出来る未尋は本当にすごいんだ。正直おれもここまでとは思わなかった。未尋が描いたスケッチだから、『サガン』の担当者も安心して任せられると言ってくれたんだぜ？」

浅香の話に、未尋もつい嬉しくなる。

「ゼンマイをこっちにも。あぁ、もう少し先はカーブして、そう——」

だから、未尋も色々張り切っていた。

ブラッシュアップに努めたり、今まで未尋が扱ったことのない花材をもっと知るために早起きをして花市場にも同行させてもらったり。

「未尋、あれから沢田とトラブってないか？」

休憩を取っていたとき、浅香から問われて未尋は手首をもみほぐしながら頷く。

「はい、大丈夫です。沢田さんも忙しいみたいですから」

浅香がエキシビションに携わっているせいでショップ全体が忙しく、さすがの沢田も未尋に関わっている暇はないらしい。たまにすれ違うようなとき、舌打ちされるぐらいだ。

先日の盗難騒ぎのとき、もしかしたら沢田が売上金を盗った犯人かもしれないという話が上がっていたが、その件について浅香もチーフの野辺山も何も言わない。なくなった売上金がどうなったかもわからなかった。沢田も普段通り変わらず働いている。

ただ、浅香が沢田の件を知っていると窺えるのは、こんなふうに沢田の動向を訊ねられるせいだ。少し気にかけているといった感じだった。

しかし、スタッフ内では静かに沢田を遠巻きにしているようだ。元々業務態度も感心出来るものではなくスタッフにもきつく当たることが多かったため、これまで以上に沢田に対して敬遠する姿が見受けられた。沢田自身は気付いていないようだが。

「よし。じゃ、あとはスタッフの誰かを摑まえてワイヤリングを練習してろ。ずいぶん手つきはよくなったけど、今のスピードじゃまだ使えないからな」

アレンジの基礎は以前から少しずつ習っていたが、ここ最近はそれを集中的にスパルタで教えられていた。未尋自身も処分される花をもらって帰って、家でも猛練習している。

充実していた。

だから、他の何かを考える暇などほんの少しもなかった。ない、はずだった。

とうとうコラボエキシビションの作業の日がやってきた。

イベント前日の木曜日、深夜零時を間もなく迎えようかという時間。開催会場であるイタリアンレストランでは、明日搬入されるジュエリーウォッチの展示ケースの設営はすでに終了しており、浅香のフラワーアートを待つだけとなっていた。

コラボエキシビションの開催は、金曜日の夕方から三日間。特に初日である明日はオープニングのパーティーイベントが開かれるため、その準備のせいで花の設営は明日の朝までがリミットだ。各ジュエリーケースの装飾と入り口スペースに大型装花も製作するのだから、花材の事前準備は済ませているとはいえ、それほど時間に余裕があるわけではない。

「じゃ、みんなよろしく」

浅香のかけ声を合図に、皆が一斉に動き始めた。ぎりぎりで何とかアシスタントとして形になった未尋も花材へと歩み寄る。

清冽なほど神経を研ぎすませた浅香のもと、助手に入った野辺山や田川、アシスタントの未尋が一丸となって浅香をサポートする。時に浅香の厳しい叱咤《しった》が飛ぶなか、少しずつ作品が仕上がっていく。暖房が切られた室内はずいぶん冷えていたが、皆忙しさに汗をかいたぐらいだ。すべての作品が仕上がったのは、夜と言うよりもう朝の方が近い時間だった。

「わぁ……っ」

アシスト中は見とれる余裕もなかった未尋だが、ようやく仕上がったフラワーアートに感嘆の声を上げた。特に入り口に設けられた見事な枝ぶりの花海棠《はなかいどう》の大型装飾は、会場内への期待感を高めてくれる素晴らしいウェルカムオブジェとなっている。

「未尋、見とれてないでさっさと掃除して帰れよ。今日の午後、ジュエリーウォッチが搬入されてからもうひと仕事あるんだから」

苦笑する浅香に未尋は頷いたけれど、皆が先に引き上げてしまうと掃除の手もつい止まりがちになる。それでも、少し見て帰ってもいいと浅香から許可をもらったことを思い出し、ぐっと我慢して先に自分のやるべき仕事を済ませることにした。

「よし、終わった。あとは――」

照明を消してもほんのり明るい。ちょうど満月だったこともあり、自分のためだけに電気を点けるのも申し訳なかったので、窓から差し込む月明かりで作品を楽しむことにした。途中汗が引いて寒くなったため慌ててコートを着込んだのだが、しかしそれが少し不味かったようだ。

「ふ、わぁ……」

ここ最近夜中すぎまで練習をしていた未尋は寝不足気味で、暖かくなると急に眠気が襲ってくる。いけないと何度も頭を振るけれど、気付けば未尋は床に座り込んだまま少し眠っていたようだ。目が覚めたのは、物音がしたせい。

「な、に……？」

いつの間にか月は翳《かげ》っていて、会場は暗闇に沈んでいた。それでも、室内で影が動いているのは何とか見て取れた。奥にあるブラックパロットというチューリップを多く使ったアレンジの前だ。その何者かの腕が乱暴にアレンジへと振り下ろされるのを見て、未尋は戦慄した。

「やめろっ」

未尋の制止の声と被るように、アレンジが壊される音がした。

「おい、待てよっ」

未尋の声に何者かは慌てふためいて逃げ出したが、未尋の方が出入り口には近い。

「何やってんだ、あんた。何者だよっ。先生の作品になんてことをすんだっ」

突進してくる影に、未尋は自分こそが飛びかかっていく。飛びついた印象で背の高い男だというのはわかった。

「く……ぅっ」

揉み合いになるが、男の方が圧倒的に力が強い。それでも未尋は必死で食らいついたが、最後には払い飛ばされてしまった。その隙に男にも逃げられてしまう。

「痛……っ」

何とか起き上がるが、未尋は照明を点けるのが怖くなる。床に手をついたとき、そこにも花の感触があったからだ。それでも、未尋は奥歯を軋るほど噛みしめて明かりを点けた。

「っひ」

会場の床には無残な姿となった花が散乱していた。踏みしだかれた跡まである。入り口の大型装花もひどかった。見事な枝ぶりの花海棠は途中からばっさり折られていたのだ。

体が震える。

これが現実に起こったことなのか、信じられなかった。

「っ……く……」

けれど目の前の惨状は消えないし、揉み合ったときにケガでもしたのか体もズキズキと痛みを訴えてくる。何か鋭《するど》いものに引っかけたらしい指先は少し爪も欠け、血が出ていた。

「先生……」

あまりに衝撃がすぎてしばらく声も出なかったが、すぐにこの惨事を浅香に告げなければばいけないと思い立つ。ぶるぶると、自分でもおかしいぐらい震える指で携帯を取り出した。

「先生、浅香先生――っ」

電話がつながって、未尋は悲鳴のような声で現状を訴えた。


「これは……」

駆けつけてきた浅香は、会場のあまりの惨状に言葉をのんだ。ひと足早く着いた野辺山は呆然と床に座り込んだままだ。

「すみません、先生。すみませんっ」

自分がひとり残っていたせいだ。しかも出入り口の鍵をかけていない状態で、居眠りなんかしてしまったから。

未尋は土下座をして何度も浅香に詫びる。嗚咽がもれるのを歯を食いしばって必死で我慢した。自己嫌悪で死んでしまいたいくらいだ。

けれど自分がそうして詫びても、この惨状は元には戻らない。

浅香がどれだけこのイベントに力を入れてきたか。おそらく未尋が一番近くで見ていた。それだけ浅香が懸命にしごいてくれたからだ、未尋を一人前のアシスタントにすべく。

「っく……っ…」

なのに、自分が返したものはなんだ。

花をメチャクチャにする何者かの侵入をみすみす許してしまった。しかも、こんな状態になるまで気付きもしなかったのだから。

「すみませんっ、本当に――」

「未尋のせいじゃないよ」

何度も謝罪する未尋の言葉に被さるように聞こえてきたのは、ここにいるはずのない声。

涙でぐしゃぐしゃの顔を上げると、目の前に冬慈が立っていた。

外から駆けつけてきたのか、冬慈はまだトレンチコートを羽織ったままだった。珍しく髪を乱して甘やかな美貌にわずかに険を浮かべていたが、それが大人の苦みとなって冬慈の男ぶりをぐんと上げている。

ぼろぼろの未尋を見て盛大に顔をしかめた冬慈は、浅香に強い口調で話しかける。

「未尋がこれをやったわけではない。悪いのはこんなことをした人間だ。そうだろ？　浅香」

内なる憤《いきどお》りが伝わる声だった。冬慈の言葉に我に返ったように浅香も大きく頷く。

「そうだな。未尋はもう謝らなくていい。それより、これをどうするか…だ」

「いいよ、おれも全面的に協力する。何でも言ってくれ。でも、その前に――」

復旧へと動き出した浅香に断りを入れた冬慈が、床に座り込んだまま放心する未尋の前に膝をつき、腕を伸ばしてきた。

「未尋、無事でよかった」

声を出す間もなく、未尋は冬慈の胸の中に抱きしめられていた。

「未尋が暴漢に襲われたと聞いて、いてもたってもいられなかった。無事でよかった。未尋の顔を見るまで、生きた心地がしなかったよ」

首筋に落ちてくる冬慈の呟きが小さく震えているのがわかった。何度も抱きしめ直すように力を込めてくる冬慈に、未尋の体はようやく熱を取り戻す。

心から心配していたのだと全身でもって伝えられ、心がふっと弱くなった。

「冬…慈さん、冬慈さんっ……」

思い求めるまま、未尋は冬慈にしがみついていた。一度止まったはずの涙がまたこぼれ落ちていく。冬慈への複雑な思いも、傷心の痛みも、胸の苦しみも、その時は何もかも忘れて全身で冬慈にすがりついた。

「……まったく。おれはいじめてないのに、未尋はどうしてこんなに大泣きしてるんだか。腹立たしいだろ」

言葉とは裏腹に、未尋の背中をさすってくれる冬慈の手はひどく優しかった。

「しかもケガしてるじゃないか。あーあ、爪が欠けて。おれの未尋を傷付けるとは許せないな。犯人は絶対おれが見つける。みーの分までたっぷりお仕置きしてあげないとね」

スーツの袖を摑んでいた未尋の手を取ると、指先にハンカチを巻いてくれた。ようやく涙が止まった目で、自分の指に巻かれた青いハンカチをじっと見る。

「冬慈さんはどうして……」

どうしてここにいるのか。

どうしてそんなことを言うのか。

野辺山を叱咤して指示を出し始めた浅香の傍にはいないで、なぜ未尋を抱きしめてこんなにも優しくなぐさめてくれるのか。

「ん？　あぁ、警備室から連絡をもらって駆けつけたんだよ。ちょうど『サガン』の要人を接待していたんだ。日本の不夜城《ふやじょう》を気に入って帰らないとごねるのを放り出してきた」

冬慈が答えたのはひとつの疑問だけだった。

けれど、冬慈の言葉に未尋はようやく冷静になれた。

そうだ。このイベントは浅香だけの個展ではない。コラボエキシビションなのだ。

「もう平気。ありがと。離して……」

トレンチコートの胸を押し返すと、素直に冬慈の腕は離れていく。

「お、復活した」

からかうような軽い口調の冬慈に、未尋の気持ちもふっと上昇した。

何を泣いてるんだ。やることはもっと他にあるはずだ、と。

「んー、ぶーな顔だな。おれが泣かせたんだったら可愛いって言うけど」

「うるさいっ」

冬慈の柔らかい眼差しがやはり未尋にはまだ複雑で、乱暴に言い放つと立ち上がった。

「ここが踏ん張りどきだ。頑張っておいで」

冬慈の声に送り出されて、未尋は浅香の元に駆け出した。

「浅香先生、おれは何をやればいいですか」

「スタッフへ緊急連絡を入れている田川と交代しろ。それが終わったら使える花を集める」

「はいっ」

朝方の五時すぎ。今から緊急に招集をかけてどのくらい集まるかだが、未尋は田川に代わって連絡を入れ始める。ショップスタッフにもとのことだったので、未尋が一番頼りにしている古株の笠井に電話をかけた。姐御肌《あねごはだ》の笠井はすぐに状況を判断して後の連絡を引き受けてくれたため、未尋は会場の復旧に専念することにする。

設営してある七つの装花のうち、壊されたのは三つ。そして大型装飾だ。

「だめだな、花海棠は使えそうにない」

見事な枝ぶりの花海棠は枝が折られ、蕾《つぼみ》も花びらも踏みにじられていた。

「他は今日の市場で仕入れることが出来るかもしれないが、これぱっかりは……」

浅香が打ちのめされたように肩を落とす。それもそのはず、この花海棠は今日のエキシビションのために花農家に開花時期を調整してもらっていた特別な枝ものなのだ。

「先生っ。だめ元で聞いてみましょう。もしかしたら、ひと枝でもちょうどいい花海棠が残っているかもしれません」

絶望感に囚われたような浅香の顔に、未尋はことさら元気よく言った。

「でもね……あの花農家はとても気難しいことで有名で、今回のことも浅香先生が本当に何度もお願いしてようやく引き受けてもらったの。そうしてせっかく咲かせた花をだめにしたんだから、もう話も聞いてくれないと思うわ」

黙り込む浅香の代わりに野辺山が真相を教えてくれたが、未尋は諦めたくなかった。

「でも、こんなことで先生の作品がだめになるのはおれは嫌です。電話じゃ聞いてくれないというなら、おれが直接そこへ行ってきます。何度でも頭を下げて食らいついてきます。だから、場所を教えて下さいっ」

「──いや、そうだな。未尋の言う通りだ。やる前から諦めてはだめだな。出来ることは何でもやってみないと」

思い直したように浅香が携帯電話を取り出した。ようやく朝方と呼べるような時間だ。そんな早朝にたたき起こすような電話に、相手とつながったとたん送話口から怒鳴り声が聞こえてきた。剣幕の激しさに、その場の誰もが青ざめる。そんな中、浅香は冷静に話を進めていった。

足元に散らばるバラの花びらを拾いながら、未尋も耳をすませる。

「本当ですかっ。あの、今すぐ取りに伺ってもいいですか」

浅香の弾む声に、未尋は目を輝かせて野辺山たちと頷きを交わす。

大丈夫かもしれない。

その頃になると、他のスタッフたちも続々と会場に駆けつけてきた。

「みんな聞いてくれ。今回の枝とは別に予備に幾つか調整していた花海棠があるらしい。ただ、もう満開を迎えている枝とまだ蕾だけの枝。だから、こちらでも少し調整が必要になる」

それでも手配がついたからか、浅香の顔は明るい。そこに冬慈が歩み寄ってくる。

「浅香、運搬はこっちで引き受けるよ。温度管理が出来るトラックを手配しよう」

「頼む、それから──」

「あぁ。うちのパーティー準備は浅香のところと並行してやるように手配する。それから『サガン』の人間にもおれが話を付けておくよ。なに、責任者はなかなか話のわかる人間だったから大丈夫だろう」

息のあったやり取りで問題を処理していくふたりの辣腕《らつわん》ぶりに未尋は感動したが、同時に浅香と阿吽《あうん》の呼吸を見せる冬慈に改めて愛情の深さを思い知らされてしまった。

あふれてきた切ない気持ちに、未尋はそっと目を伏せた。

「皆もよく集まってくれた。ここにいない人は来られないって？　原《はら》と鈴木《すずき》、あと沢田か」

「原さんと鈴木さんには連絡がつきませんでした。けど沢田くんは飲んでるから遅くなるけれど必ず駆けつけるとのことです」

スタッフの話を傍耳《かたみみ》に聞いていたとき、自分の足が何かを蹴った気がして顔を上げた。見つけたものに、未尋はきつく眉を寄せる。

「何だ、これ――」

ちょうど近くにいた浅香が未尋が蹴ったものを拾って声をかけてきた。

「これ、沢田がいつもメガネにつけてるチェーンじゃないか？」

浅香の言葉に、未尋は青い顔で頷いた。

有名なシルバーショップで特別に作ってもらったというスカルアイテムがついたメガネチェーンは、黒ぶちメガネとともに沢田のトレードマークだ。

けれど、この場にいないはずの沢田のものがどうしてあるのか。

「おれ、犯人とすごくもみ合ったんです。もしかしたらこれはその時に――」

冬慈のハンカチの代わりに今は絆創膏が巻かれた指先を見下ろす。指先を掠めた鋭い何かを、未尋は記憶の中から必死に思い出そうとした。チェーンを手渡した浅香も顔色を悪くしている。

もしかして、こんな惨劇を企てたのは――。

「遅くなりました。ちょっと遠くで飲んでたから。うわっ、何ですか、これ」

やけに大きな声を上げて入って来たのはまさにその沢田だった。

「白柳がやらかしたってマジですか。鍵を開けっ放しにして暴漢を引き入れたって」

会場を見回していた沢田が突っ立ったままの未尋を見つけて突進して来る。

「おい、おまえ何のんきにまだここにいるんだよ。さっさと出て行けよ。おまえのせいだろ？　せっかく先生が作り上げた作品をこんなめちゃくちゃにしたのはっ」

「沢田、やめろ」

「浅香先生っ。今回こんなことになったのはこいつがいたからですよ。アシスタントにしたせいですって。こんな疫病神、さっさと追い出しましょうっ」

口角泡《こうかくあわ》を飛ばす勢いでまくし立てる沢田のメガネにチェーンがないのを見て、未尋はすぅっと腹の底が冷えていく。

「――ふ…ざけんなっ」

気付くと、沢田を張り飛ばしていた。

「っ、何すんだっ」

「それはこっちのセリフだ。あんただったんだな。先生が作ったアレンジをこんなにしたのはあんただったんだ」

「は？　な、何を言ってる」

わずかに顔色を悪くした沢田を、未尋はきつく睨みつけた。周囲のスタッフたちが息をつめてふたりに注目している。

「花を大事にしないといけないおれたちなのに、あんたがやったことはなんだよっ。サイテーだろ。あんたはフローリスト失格だっ」

「お、おまえこそ何を根拠にそんなことを言うんだ。ふざけたことをぬかすと許さないぞっ」

「今、あんたが平気で花を踏みつけていることが第一の証拠だよ」

皆の視線が沢田の足元に動く。

レースフラワーを踏んでいた沢田の右足が慌てたように上がった。

「それから、第二の証拠はこれ」

突き付けたのはさっき見つけたメガネチェーン。沢田は自分のメガネのテンプルに手をやって、そこにチェーンがないことに気付くと未尋をきつく見据えてくる。

「人のものを盗っておいて、何が証拠だっ」

「これ、今ここで見つけたんだ。やっぱりあんたのものだったんだ。今日この会場には出入りしなかった沢田さんのチェーンがどうしてここにあるのか。それって、沢田さんがおれと揉み合った男だってことじゃないか」

「じょ、冗談じゃない。おれが何でそんなことをするんだよ。するわけないだろ。そのチェーンだって、やっぱおれのじゃないし」

落ち着きを失ってつじつまの合わない反論をする沢田に、皆の視線は冷たい。

「ちょ、みんなっ、信じろよ。おれじゃないって。だって、おれついさっきまで飲んでたし。ほら、酒くさいだろ」

「酒ぐらいその辺のコンビニで買えるじゃない。それひっかけただけなんじゃないの？」

笠井の冷静な声が飛び、沢田はきつく睨みつける。けれど笠井の強い視線に押し負かされたように、沢田は再び未尋へと向き直った。

「ふざけんな。ふざけんなよ、白柳っ。てめぇのせいだ、何言ってんだっ」

顔を赤黒く染めるほどの怒火を沢田はそのまま未尋へとぶつけてきた。未尋が反応する間もなく襟元を摑んで腕を大きく引き上げる。

「……っ」

突然の暴挙に、自分に振り下ろされる拳を目をつぶることも出来ずに未尋は見つめてしまったが――だから、沢田の拳から庇う腕が後ろから伸びたのも目前で見た。

「おれの未尋に手を出そうなど百年早い。分をわきまえろ」

胸に抱き込むように未尋を庇ってくれたのは冬慈だった。沢田の手首を余裕な表情で摑んでいる冬慈だが、そこにけっこうな力が込められているのは顔を歪める沢田を見るとわかる。

「第三の証拠はおれから出そうか。犯行の連絡をもらった時点で、警備室にレストランの入り口とエレベーター内の防犯カメラの解析を依頼している。ほどなく誰が犯人かはわかるんじゃないかな、それが君かどうかも。これでもまだしらを切るつもりか？」

冬慈のセリフに、沢田の顔色は青を通り越して紙のように白くなった。腕が離されると、沢田は床に尻もちをついてがっくり肩を落とす。

「もう浅香が庇っても無理だ。おれが許せない。いつもおれの未尋を理不尽にいじめてて腹が立ってたんだよね。しかも今回はケガまで負わせた。覚悟は出来てるよね？　あぁ――でも警察に引き渡す前に少しふたりだけで話をしようか」

甘い美貌に浮かんでいるのは寒気立つような笑顔だった。妖しいほどに輝く黒瞳はミステリアスで薄い唇に浮かぶ微笑はなまめかしい。凄絶《せいぜつ》なほど艶めいていたけれど、同時に冷え冷えとした鋭い冷気もはらんでいた。まるで激情に駆られて降臨してきた魔王さながら、激しい憤りが黒く冷たい粒子となってあふれ出し、辺りの空気を一瞬で凍りつかせていく幻想さえ見た。

「さて、一緒に来てくれるだろう？　沢田くん」

迫力に圧倒されたように怯えた顔をする沢田を引き連れて、冬慈が会場を出て行った。

「怖ぇ……」

誰かの呟きが聞こえる。それは皆の総意だったようで、いたるところで頷く姿が見受けられた。しかし、未尋は隣に立つ浅香が気になった。

「今回の件はおれのせいだな。おれが沢田を思いきらなかったせいだ。更生してくれると思いたかったからこんなことに……」

打ちのめされたような浅香の表情は、以前見たことがあった。先日、冬慈とカフェで話していたときも同じような顔をしていたのを未尋は思い出す。

スタッフには厳しいが同時にとても親身になってくれる浅香だから、信じていた仲間に裏切られてショックを受けているのだと未尋は自分こそが胸が痛くなる。

もしかしてあの時も、冬慈はこんな浅香を慰めていたのかもしれない。親密すぎると思った冬慈のしぐさも浅香のこんな様子を目の前にしたら当然のことで、きっと未尋があの場にいても同じことをしただろうと思った。もちろん今もだ。

「浅香先生！　先生のせいじゃありませんよ。さっき冬慈さんだって言ってたじゃないですか。それより、先生の作品を楽しみに待っている人が大勢いるんです。その人たちのために頑張りましょうよ。おれも全力で手伝います」

「そうですよ、先生」

「未尋くんの言う通りです。やりましょう！」

未尋の言葉に、皆が賛同して浅香を励ます。

「そうだな、落ち込んでいる場合じゃなかった。早く仕上げよう。その前にちょっと手洗いだ」

逃げるように走っていく浅香の顔は真っ赤に染まっていた。

「うふふ。先生はあれでいてずいぶんな感動屋さんだから、きっと今頃トイレで大泣きしてるんじゃないかしら」

野辺山の暴露話にスタッフたちから小さな笑いが上がる。未尋もようやく笑みがもれた。

まだまだ問題は山積みだが、気持ちは明るかった。浅香がいて、スタッフの皆がいて、冬慈がいたら、何とかなる気がした。

「よし、やろう」

自分自身に声をかけ、未尋は歩き出した。

「あの、おれ本当にいいんですか」

「あぁ、よく似合っているな。呆れるくらいあいつの審美眼《しんびがん》は確かだぜ」

「先生？」

「ほら、恥ずかしがってないで行くぞ」

浅香に引っ張られて未尋が向かっているのは、冬慈がオーナーをしているイタリアンレストラン——今回のコラボエキシビション会場だ。オープニングの今日は華やかなパーティーが開かれており、主賓である浅香は顔パスで受け付けの前を通りすぎた。もちろん未尋も一緒だ。

一時はどうなるかと心配した浅香のフラワーアートも、時間ぎりぎりに何とか仕上げることが出来た。問題だった花海棠も無事搬入されてきたし、傷んだ花の代わりも花市場で新たに仕入れたり他の花屋から譲ってもらったりしてかろうじて確保出来た。メンタル面が心配された浅香だが、きりきり張りつめるような集中力は最後まで途切れず、壊された前作以上の作品が仕上げられていった。未尋たちも必死でアシストしたのは言うまでもない。

連日の睡眠不足と徹夜のせいか、終わってホッとしたとたん眠気が襲ってきたが、そんな未尋を浅香がせき立てるように連れて行ったのは冬慈の部屋。ぎょっとしたものの部屋の主は不在で、浅香は未尋をバスルームへと追い立てた。シャワーを借りて出てきた未尋に渡されたのが、今着ているタイトなブラックシャツとトラウザーズだ。シンプルなシャツだが素材がキラキラしているせいでやけに洒落て見える。

上質なストレートチップの靴で絨毯を踏みしめながら、未尋はパーティーにふさわしい華やかな自分の姿に少しだけ恥ずかしさを覚えた。

「あの、これを用意したのって冬慈さんなんですか？　どうして冬慈さんがおれにこれをくれるんでしょう。あ、もしかして浅香先生のスーツも冬慈さんが――？」

「あー、おれに嫉妬しなくてもいいぞ。あいつが服を用意したのは未尋の分だけだから。おれのこれは自前な。着がえの場所だけ冬慈の部屋を貸してもらったんだ」

含み笑いの表情で浅香から言われて、未尋は自分の顔が真っ赤になったのを自覚する。

「し、嫉妬なんてしてませんっ。おれは冬慈さんのことなんか何とも思っていませんし、それに冬慈さんは先生のことが――」

「あー。ほらな、やっぱり誤解してるぜ。だから言ったんだよ、あんまりからかっているとあとで大変だって」

「誤解？　大変って」

首を傾げる未尋に浅香は笑って答えなかった。入り口で渡されたウェルカムシャンパンのひとつを未尋に渡し、意味深な顔を作ってみせる。

「それは冬慈に直接聞いてみな、あいつもこのパーティーに来てるから。未尋に服を準備したのも、それを着せてこのパーティーへ連れてこいと言ったのもあいつだ。それで今朝のあいつの働きはチャラにするとさ。別にそれに乗せられたわけじゃないが、おれもおまえたちには仲直りして欲しいと思ったから、冬慈のもくろみを利用させてもらうことにしたんだ」

「浅香先生……」

「あいつが全面的に悪いのはわかっている。だが、話ぐらいは聞いてやってくれ。んじゃ、おれは挨拶があるから、未尋は冬慈の体が空くまでパーティーを楽しんでろ。くれぐれも変なヤツについて行くなよ？　そんなことをすると冬慈が何をしでかすかわからないからな」

まだ話を聞きたかったが、『サガン』の関係者と思われる外国の美丈夫が浅香を迎えに来たため渋々見送った。ひとり残された未尋は困惑顔でシャンパングラスを手に会場に入ったが、入り口で迎えた見事なウェルカムオブジェに、視線も気持ちも一瞬で奪われた。

はらりひらりと優雅に落ちてくる濃いピンクの花びらは夢のようで、未尋だけではなく大勢の客が立ち止まって見とれている。今が盛りの花海棠は満開ゆえに今日一日限りのディスプレイだ。明日以降は蕾を調整した新しい枝に替えられる。会場内のフラワーアートもジュエリーウォッチとのコラボで一層凄みを増していて、何度見ても興奮して心臓が痛いぐらいだった。

実は、そうして花に夢中になりながらも未尋の目はある男をずっと追いかけていた。濃紺の華やかな三つ揃いスーツを着ている冬慈だ。賓客や要人をもてなしているのか、冬慈の周りにはいつも人だかりが出来ていた。いや、もしかしたら冬慈自身を日当てに多くの人が集まってきているのかもしれない。

考えてみれば、冬慈はこの一等地に建つ大型複合ビルのオーナーだ。住んでいるのはビル最上階の広いフロアで、お遊びだと言いながらもけっこう真面目にイタリアンレストランと会員制バーを経営している。

それなのに、ひとりだって言ってた……。

未尋は、以前『ラグラス』で飲んだときのことを思い出す。

てっきりいつもの冗談かと思っていたけれど、結婚しよう云々は別にして、もう家族はおらず天涯孤独の身だと口にしていたのは本当のような気がした。「親戚ヅラして近付いてくるのは大勢いる」と話していた少し皮肉げな表情も思い返して未尋は唇を噛んだ。冬慈の住む部屋が広くて整いすぎていたゆえに寂しく感じたことも同じく。

もしあの部屋でずっとひとりなのだとしたら、きっと寂しいだろうな。

ひとりぼっちの寂しさをよく知っている未尋だから、何だか切なくなった。恋人かどうかはわからないが親友には違いない浅香が一緒に住んでやればいいのにと思ってしまう。

おれだったら、すぐにでも――――。

もの思いに沈みながら冬慈を見ていた未尋だが、見すぎてしまったのか、ふと首を巡らせた冬慈とばっちり視線が合ってしまった。

「ぁ……」

未尋が小さく声を上げたのが聞こえたようなタイミングで冬慈が動いた。周囲に何ごとかを言い置いて未尋へと近寄って来た。

「おいで」

「え？　あ、ちょっと――」

しかし、目の前まで来た冬慈はそのまま未尋の腕を掴むと歩き出す。驚いて腕を取り戻そうとするが、冬慈の腕は緩まなかった。

「ちょっと、冬慈さんっ」

そうして無理やり引っ張られて乗せられたのはエレベーターだ。ポケットから出したキーを差し込み、最上階のボタンを押す冬慈を未尋は唇を尖らせて睨みつける。

「どこ行くんだよ。パーティーを勝手に抜け出していいのかよ」

「後は支配人に任せてきたから大丈夫。それにあのパーティーの主役は浅香だからね」

ようやく返事をしてくれた冬慈にホッとする。掴んでいた手首も放してくれたけれど、ここまで来た以上そのまま大人しく冬慈についていくことにした。

シークレットバーと冬慈のプライベートスペースがあるだけの最上階は、イタリアンレストランからの螺旋《らせん》階段を使うか、こうして特別な鍵を使ってエレベーターを起動させるかしないとたどり着けない場所だ。今日はバーが休みのせいか、最上階はしんと静まりかえっていた。

冬慈はプライベートスペースへの鍵を開けながら、所在なさげに立ちつくす未尋を顎を引いて見下ろしてくる。

「よく似合っているね、その格好。うん、さすがおれの見立てだな」

「何だよ、結局ほめてるのは自分じゃないか。ただの自意識過剰だ」

つんと顎を上げる未尋に、冬慈は楽しそうに目を細めた。

「それもあるけど。でもそれは、未尋を思っておれが時間をかけて選んだんだ。いわば、おれの未尋への愛の深さがわかる傑作ってことでもあるんだよ」

「あ、あんたは……」

声がみっともなく震えて、鼻がつんとして、目頭に一気に熱が集まる。

この期《ご》に及んでこの男はまだそんなことを言うっ。

悔しいような悲しいような、そして何より腹立たしい気持ちに襲われた。腹の底が燃えるようにかっと熱くなって激情に突き動かされるがごとく、未尋は冬慈のネクタイを掴むと目の前の男を無理やり屈ませていた。

「何だよ、あんたはっ。すっげぇムカつくっ」

その勢いのまま、未尋はガツンと冬慈に頭突きを食らわせた。

「っ…未…尋？」

驚いたように冬慈は目を瞬かせている。そんな冬慈にさえ腹が立ち、ボロボロとみっともないほど涙がこぼれ落ちる目で未尋は冬慈を睨め付けた。

「どうしてあんたはいつもそうなんだよ。思わせぶりなのもいい加減にしろよっ。浅香先生が好きなら先生ばっか口説いてればいいのに、何でおれにもそんな変なこと言うんだ。そんなんだからおれが勘違いするんじゃないかっ」

「未尋――…」

「あんたのせいだからな。あんたがそんな思わせぶりなことばっか言うから、大嫌いだったはずなのに何かおかしく…っ、おかしくなって……っ」

もう耐えられなくなった。心の中に秘めておいた強すぎる感情を、大きすぎる気持ちを、未尋は怒りにまかせて冬慈にぶつけてしまう。

ずっと、ずっと我慢していたのだ。

冬慈からいじられることに未尋は怒りながらも、思わせぶりなことを言われていつしか気持ちは傾いていった。だからカフェの窓越しに見た冬慈と浅香の親密すぎる姿に、未尋は裏切られたとショックを受けたのだ。ふたりだけの時間を邪魔するなと邪険にされてひどく傷付いた。

もうあの時には、自分は後戻り出来ないぐらい冬慈のことが好きになっていたから。

「あんたが浅香先生のことを好きでもっ、それでもいいってくらい好きになってて。そうだよ、あんたが好きになっちゃったんだ。も…もうっ、どうしてくれるんだよ」

「――本当、どうしようか」

冬慈の唇が引き上がり、ひどく魅惑的なカーブを描いた。困ったような、けれど圧倒的に嬉しそうな顔をする冬慈に、未尋はぐっと目に力を込める。

弱る姿を見せた自分をさらに追いつめようというのかと構えたのだが。

「未尋がものすごく可愛くて、ゾクゾクしてきた。でも、ちょっといじめすぎたかな」

プライベートスペースへの扉を開きながらそんなことを口にした冬慈は、未尋の腕を掴んで引き寄せてくる。

「っ……ん…」

入ってすぐの壁に押しつけられたと思うと、冬慈の体がのしかかってきた。唇に触れる温かい感触にびくりとすると、焦点が合わないくらいすぐ近くに冬慈の顔があった。

キス、だ。

柔らかい唇が一度離れ、時間を置かずにまた未尋の唇に覆い被さってくるのを感じて、ようやく未尋は実感した。

「っ…ん、ふ…ざけんなっ」

抵抗しようとした未尋を冬慈が強い力で押さえつけてくる。それでももがく未尋に、冬慈は鼻先を触れ合わせたまま、唐突に口を開いた。

「好きだよ」

自分だけを見つめる目を呆然と見上げて、未尋はゆるゆると首を振る。

「う…嘘だ」

「未尋が好きだ。未尋にキスがしたいし、触りたい。未尋だけをこうして抱きしめたいんだ」

信じられるわけがない。そう思うのに、冬慈の顔は今まで見たこともないほど真摯な表情だった。じっと黒瞳を見つめても一瞬の揺らぎもない。

本当に？

浅香先生が好きだったんじゃないのか？

でも、またあとから冗談だと言い出すんじゃないのか？

それでもまだ疑心暗鬼《ぎしんあんき》に陥る未尋に気付いたのか、冬慈が大きく唇を引き上げる。今度は少し意地悪そうに、だ。

「嘘じゃないよ。未尋だけが大好きなんだ。未尋の裸が見たいとさっきから服をはぎ取りたくてうずうずしているし、今すぐにでも全身にキスマークを刻みたい。おれの腕の中でもう嫌って泣き出すくらい愛してやりたいし、それから――」

「もういいっ。わかったから、もう黙って」

恥ずかしさに聞くのが耐えられなくなって、未尋は真っ赤な顔で冬慈の口を手で塞いだ。さっきまでの真剣な表情はどこにいったのか。冬慈はしごく楽しそうに未尋を見下ろしている。

それでもこれだけは絶対聞いておきたいと、未尋は冬慈を見据えて口を開いた。

「じゃ、あんたがいつも浅香先生が好きって言ってたのは何だったわけ?」

「ん? 未尋は、おれが浅香を好きでもいいんじゃなかったか?」

「そ、そうだけどっ。でも…やっぱり嫌だ。おれが好きならおれのことだけを好きでいて欲しい。二番目はやっぱり嫌だ……」

唇を歪める未尋に冬慈が顔を近付けてくる。「あのね」と内緒話をするように声を潜《ひそ》めるから、未尋も何を言われてもいいようにと気持ちを強く持とうとする、が。

「未尋がそんなふうに過剰反応してくれるから、楽しくてつい言ってただけなんだ。浅香は友人としては好きだが、恋愛感情はこれっぽっちも持っていないんだよ。ごめんね」

返ってきた答えに、未尋は冬慈の肩を乱暴に押しのけた。

「ふざけんな。あんたが先生を好きだって何度も言うから、おれはずっと悩んで、苦しくてっ」

「うん、だからごめんねって。その代わり、未尋が悩んで苦しんだ分、おれが思いっきり愛してあげるから。とろとろに甘やかしてあげるよ」

「何、その『愛してあげる』とか『甘やかしてあげる』とかって上から目線はっ」

未尋は唇を噛むが、大きな手で涙の跡を拭《ぬぐ》うように優しく撫でられると気持ちも静まってしまう。愛しげに見つめられるだけで何もかも許したくなるのだから、何だかずるい。

「好きだよ、未尋。未尋だけが好きだ。だから、機嫌直して？」

「おれ――…はもう言わない。さっき何度も言ったし、あんたと違っておれの『好き』は軽くないんだ」

せめてもの意趣返しだと未尋が言うと、冬慈の黒瞳がきらりと光った。

「いいなぁ、その返事。じゃ、体に聞いてみようか」

「は……？」

ぽかんと見上げる未尋の首元に冬慈の手が伸びる。ネクタイを解いていく一連の動きを見下ろして、もう一度冬慈の顔を見た。

「え？」

「未尋のファーストキスをもらうからね」

手元から意識を逸らすように冬慈が笑った。それに未尋はまんまと乗せられてしまう。

「ファ…ファーストキスだったら、さっきどさくさに紛れてあんたもうやったじゃないか」

「さっきのはちょっと口を塞いだだけだ。あれをファーストキスって呼ぶ？　前に言っただろ、舌を絡めるのがファーストキスだって」

気付けばシャツのボタンまで外されているようで、胸元がすーすーする。けれど、未尋は冬慈のセリフの方が衝撃的だった。

「舌って、絡めるって」

「ほら、目をつぶって」

言葉を疑う間もなく急かされてしまい、未尋は慌ててぎゅっと瞼《まぶた》を閉じた。頭上で小さく笑う声がしたけれど、すぐに唇に吐息が落ちてくる。

「…ん……」

柔らかく押しつけられた唇が気持ちよくて、喉の奥が小さく鳴いたのが恥ずかしい。唇の合わせを軽く吸われて、思わずこわばっていた力が解けた。その隙間から滑り込んできたのは熱い舌。

「っ……ん」

口内を探るようにゆっくりとなぞり始めた冬慈の舌に、未尋はふるりと体を震わせた。

どうしよう、おれ今ファーストキスをしてるんだ……。

嬉しいような恥ずかしいような気持ちに口元がムズムズする。胸の辺りがふんわりと温かくなって未尋がそっと冬慈のスーツを摑むと、キスをしている冬慈の唇が微笑むのを感じた。

「ぅ……んっ」

体の中に自分以外の存在がいるという感覚が不思議だ。ぬるぬると舌を絡められると、口の中は粘膜だったんだなと初めて気付いた。敏感な部分がむき出しになっているため、少しくすぐられるだけで背中がゾクゾクする。びくりと腰が跳ね、肌がざわついた。

落ち着かない未尋に気付いた冬慈がことさら柔らかい場所ばかり舌先で弄《いじ》ってくるため、とうとう足がくずおれそうになった。必死に冬慈に縋り付くが、キスはさらに深くなっていく。

「っふ…ぅ…ん……っ…っ」

息が苦しい——…。

未尋は必死にキスについていこうとするけれど、呼吸がもたなかった。

「んんっ…っく…ぅ」

少しだけ、ほんの少しだけ呼吸をするために、冬慈の顎に触れて唇を離そうとする。

「何、どうした?」

唇を軽く触れ合わせながらひどく甘ったるい声で囁かれて、未尋は背筋が震えた。呼吸を乱しているために何も言えない未尋だが、そのせいか、また深いキスが戻ってくる。

「や……ゃっ……って……ん、んっ」

ぬれた唇を舐められて、ゆるく噛まれると腰の辺りに痺れが走った。わけのわからない快感がじわりと体の奥からしみ出てきて肌が総毛立つ。酸素が足りていないのか、視界がチカチカと点滅していた。

「未尋？」

気付くと、大理石の床に座り込んでいた。

「だか…ら、息が…苦し……っは…ぁ」

体力のある自分と一緒にするなと、未尋の前に膝をつき覗き込んできた冬慈を睨みつける。目の前の男は愛おしげに微苦笑していた。

「みー。キスをするときは鼻で呼吸をするんだよ。それでも息が苦しくなったときは、別のところにキスをしてって言うんだ」

「別のところって？」

聞き返した未尋に、冬慈が妖しく笑う。

「どこでも。未尋がキスして欲しいと思うところだ。ほっぺたでもいいし指先でもいい。首筋でも脇腹でも。もちろんここでも——」

冬慈が手を伸ばしてきたのは、未尋の下肢。知らないうちにきざし始めていた熱に触れられて未尋は息をのんだ。

「キス、気持ちよかったみたいだね。おれも思わず夢中になってしまった。少し不覚だ」

トラウザーズの上からゆっくりとした動きで欲望を揉み込まれて、未尋は腰が引ける。

「ゃ…嫌だ、さ…わる…っな…ぁ、ぁっ」

「ファーストキスはあれで終わりだけど、次はセカンドキスをしようか」

「嫌だ。もうキスはしない。あんな苦しいのはもう嫌…ぁ…っ……」

「苦しいだけじゃなかったくせに。でなきゃ、こんなにぬるぬるにならないよね？　もう下着を濡らしてるじゃないか」

トラウザーズの中に入り込んできた冬慈の手に屹立を揶揄《やゆ》され、未尋は顔を赤くする。

「それにキスが嫌いなんて言って欲しくないな。おれはキスが大好きなんだよね。だからみーにも好きになって欲しいよ」

唇の先が触れるくらい近くで囁かれて、感じる吐息と甘い言葉に頭がクラクラする。

「だ…だって、キスってもっと気持ちいいものだって思ってた。なのにあんな息も出来ないくらい苦しいのって、冬慈さんのキスが下手だから…ゃあぁっ」

翻弄される悔しさに憎まれ口を叩いた瞬間、屹立を握り込まれて未尋は悲鳴を上げていた。

「ぁ、や……っは」

軽く気をやったのかもしれない。腰がおかしく痙攣《けいれん》し、知らず涙がひと粒こぼれ落ちた。ふるふる小さく震える唇に冬慈が宥めるようにキスを落とす。

「どうしよう、みーは本当に可愛い。こんな時まで生意気なんていじめがいがあるな」

甘い美貌が目の前でふんわりと微笑む。今はそこに蠱惑的《こわくてき》な熱がにじむせいで、凄絶な色香となり未尋を魅了する。

腹黒発言をしている冬慈にこそ惹かれてしまうとは、自分は少しおかしいかもしれない。

「キス、しようか。おれが下手かどうか、もう一度試してみればいい」

冬慈が未尋の唇に噛みついた。やわやわと唇を甘噛みされ、吐息を食《は》まれ、滑り込んできた舌に未尋の舌は絡め捕られてしまう。甘く優しいだけのキスで、未尋は極上の快感を味わった。

どうしよう。本当だ、キスって気持ちいい……。

ふわふわと意識が飛んでしまいそうな気持ちよさに冬慈の腕に体を委ねると、それが合図だったようにキスが激しさを増していく。

「っ…ぅ――…っふ」

息を継ぐ間もないほどのキスなのにいつの間に呼吸の仕方を覚えたのか、先ほどより苦しくなかった。いや、ほんの少し苦しいけれどそれが甘さと愛おしさへ変換されたように未尋を切なく疼かせる。淫靡《いんび》な波が次々と押し寄せてきた。

「ん……未尋」

甘いキスに溺れかかると、しかし、こちらも忘れるなとばかりに屹立を握る手を動かされる。膝の間に冬慈が座っているせいで足を閉じられず、冬慈の手淫からは逃げられない。すでに下着も下げられており、未尋の熱は冬慈の手で好き勝手に育て上げられていった。

「っふ……っ…く…ぅ」

首筋に当てられていた冬慈の手が肌を探るように襟元へと降りてくる。襟の内側へと手が潜り肩先へ移動していくごとに、シャツが大きくはだけた。ひやりとした夜気が肌を舐め、指の先まであわ立ってしまう。

「どうかな。おれのキス、好きになれそう？」

「もう、ばか、ゃ、ゃ…離せっ…っ、ふっ」

脇の近くをいやらしく撫で回されて未尋は泣き出しそうになった。冬慈に言葉を返すどころか未尋の快感は限界に達していて、少しの刺激でも熱が弾けそうなのだ。

冬慈のキスが、肌をなぞるしぐさが、屹立に絡みつく指が、未尋の体に絶え間ない甘い痺れを生む。未尋の欲望からは雫《しずく》が次々にこぼれ落ち、絡みつく冬慈の手を濡らしていた。

「も……もっ、だめって…ひ……っん」

「答えてくれそうにないね、仕方ない。いいよ、最初だから甘やかしてあげる。いってごらん。未尋が気持ちよくいっちゃうところ、おれがじっくり見ててあげるから」

バードキスを繰り返しながら、冬慈が優しい声で解放を促す。けれど、その内容は決して優しいものではなかったのは冬慈らしいのか。

「ぁ、ゃっ……見ない……っで、ぁ…ぁああ――っ」

熱をすり上げる直截な動きに追い上げられ、未尋は冬慈の手に精を吐き出してしまった。

「見るなって、言ったのに」

ぐったり冬慈にもたれかかって言うと、体を通して冬慈が笑ったのが伝わってくる。

「可愛かったよ。気持ちよくてとろんとした未尋も、泣きそうな顔でいく未尋も。何より声がくるな。甘くてエッチで、いつものツンツン未尋からは想像も出来なかった」

「だからそういうこと言うなって！」

這々《ほうほう》の体《てい》でトラウザーズと下着を引き上げてようやく玄関に上がった未尋を、冬慈が呼び止める。

「待って、未尋。お姫さま抱っこでベッドへ連れて行ってあげるからそこでストップだ。そのまま――」

「冗談じゃない、んなことさせるかっ」

伸びてきた腕を避け、未尋は寝室へと走った。ベッドに駆け上がると、どうだとばかりに振り返る。が、追いついた冬慈は寝室のドアに鷹揚《おうよう》と凭《もた》れてにやにやと未尋を見つめてくる。

「自分からベッドに誘ってくれるなんて、未尋は案外積極的だな」

その言葉に、自分が図られたことにようやく気付いた。

ぎりぎりと奥歯を噛む未尋の前で、冬慈がジャケットを脱ぐ。シャツの袖のカフスを外しながらベッドに腰かけてくる冬慈に、これからセックスをするのかと未尋は急にどぎまぎし始めた。期待と不安で胸が一杯になる。いや、少しだけ不安のほうが大きいかもしれない。

「あの、あのさ、冬慈さん……」

足から力が抜けてベッドにへたり込んだ未尋を、冬慈が覗き込んできた。

「さっきの威勢のよさはどこにいったのかな。もしかして怖くなっちゃった？」

「そんなこと――」

図星を指されると、違うと言いたくなる。けれど、それを言う前に冬慈の人差し指が未尋の唇にそっと触れた。

「未尋がその気になるまで段階を踏んでもいいよ？　本当のところ、今日はこの前の誤解を解いて未尋と仲直りするだけのつもりだったんだ。まぁ、出来たら――おれの本気を伝えて、ちょっとだけ未尋に手を出して体から籠絡《ろうらく》してみようかなとも考えていたけど。今さら逃がすつもりはさらさらなかったし」

「は？」

「ううん、こっちの話。とにかく、おれと未尋は気持ちが通じ合っているんだから、待つのも楽しみになるってこと。これでもおれは案外気が長いからね」

途中不穏な言葉も聞いた気はしたが、それでも思いもしなかった優しさを見せられて、未尋は逆に気持ちが固まった気がする。

「ううん、段階なんていらない」

「でも、未尋……」

「だっておれだって冬慈さんのことが好きなんだ。好きだから、もっと冬慈さんが欲しい……」

膝の上で震える手をぐっと握りしめた。

「ぁ……」

簡単に言わないはずだった『好き』という言葉を言ってしまったと悔しくなったけれど、花がほころぶように冬慈が笑ったのを見て、まぁいいかと思った。

ううん、言ってよかったかも……。

「わかった。初めてでも怖くないほど、とろとろに蕩《とろ》かしてあげる」

愛しげな眼差しで見つめられ、恥ずかしさに未尋は唇を嚙む。

『いじめて泣かせるのも好きだけど、甘やかすのはもっと好き』

以前、シークレットバー『ラグラス』で冬慈が言っていたセリフを今実地で教えられている気がする。それに気付くと、ますます強く唇を噛んでしまった。そんな未尋の唇に、冬慈の舌先が延びてくる。

「いつもそんな風に唇を噛んでいるから、みーの唇は赤いのかな。本当に美味しそうだ」

「っ……ん、ぅ」

舌先で唇を撫でるようなキスだ。キスをしながら、冬慈の手も動き出す。慣れた手つきで未尋の着ているものが次々に剝がされていった。遊ぶようなキスが焦れったくなって冬慈の首にしがみついたとき、冬慈の上半身ももう何も身につけていないことを知った。

細身に見えたのに強靭でしなやかな筋肉を持つ冬慈の体は、まるで猫科の肉食獣のようでかっこいい。張りのあるなめらかな背中を未尋がぺたぺたと撫で回していると、くすぐったそうな声が耳元で聞こえた。

「あまり煽《あお》ると未尋が困るよ。わかってる?」

「何……ゃうっ――……っ」

背中を降りていった冬慈の手に薄い臀部《でんぶ》を揉み込まれて思わず悲鳴を上げる。

「ここに、おれのを入れてかき回して突き上げて、未尋が泣き叫ぶまでやめてあげられなくなるよって言ってるんだ」

「そんなっ…の……」

卑猥な言葉に未尋は怒ろうとするけれど、なぜか声に力が入らなかった。胸の中が変にざわついて、体がじんわり熱を持つ。

もしかして、こういう感覚が欲情するっていうんだろうか……？

知らぬ間に潤んだ瞳で冬慈を見ると、夜を統《す》べる魔王の瞳が酷薄そうに微笑んだ。

「大丈夫、蕩かしてからの話だから」

ひどく優しい声で囁かれて、未尋はひくっと喉を鳴らした。その瞬間、目縁いっぱいにたまっていた涙がはらはらとこぼれ落ちていく。

「――甘いな」

涙を舐めた冬慈が妖艶に笑った。刹那《せつな》、首筋の辺りが総毛立ったようにちりちりする。初めて見る冬慈のセクシャルな表情に未尋は目を奪われた。

陶然とする未尋を冬慈はベッドへ寝かせると、おもむろに覆い被さってくる。

「っ……っん」

最初に冬慈のキスが落ちてきたのは首筋だった。肌の下の拍動を探るように熱い舌が何度も首筋を行き交い、脈を打つ部分に牙を食い込ませるようにゆるく噛まれた。

「んーんっ、ぁ、っぁ…う…んっ」

首筋など今まで気にもしなかったところなのに、肌の上に熱い唇を感じると背筋がゾクゾクして浮かされそうになる。小さなキスでも甘い声がもれ出るような快楽が襲ってきた。

「もしかして首が弱い？　すごく感じてる」

冬慈の吐息がうぶ毛を揺らすだけで肌がざわめく。ぬれた舌で肌をなぞられると腰から頭の先まで鋭い電流が駆け上がっていった。

「ぁあぁ…ぅ、っぁ」

しかも冬慈の親指は胸の突起に触れており、遊ぶように動かされている。最初はくすぐったいだけだったのに、次第に声が震えてきた。冬慈の唇が尖った粒に触れると、あられもなく喘いでしまう。やけに熱い吐息が耳朶《じだ》に落ちてきたときも、未尋は甘い疼きに悶えた。

「どうしようか。声を聞いてるだけでくるな」

欲情にぬれた囁きで鼓膜《こまく》を妖しく震わせると、きつく足を絡められた。いつの間に冬慈もトラウザーズを脱いでいたのか。腿に押しつけられた熱い塊に、未尋の体は予感で甘く痺れる。

「未尋は快感に弱いんだね。おもらしをしたみたいにびしょびしょだ」

膝を割ってきた冬慈の腿に揶揄するように触れられたのは、勃ち上がって涙をこぼす欲望だ。腿で揉むように押し上げられると、未尋は悲鳴を上げて切なく腰を揺らした。

「っひ、ぁ…ぁあっ、くぅ…んっ」

先ほど一度弾けたというのに未尋の熱は再び解放を求めており、何度も冬慈の腿で揉み上げられるうちに、快感を求めていつしか自分こそが冬慈に欲望を擦りつけていた。

自分の精で、冬慈の腿がしとどに濡れていくから泣きたくなる。

「ぁ、っぁ、なん…で、こんな……ぁあっ」

「いやらしいな、未尋け。そんなに気持ちいい？　腰押しつけてるのはおれだって、ちゃんとわかってるよね。じゃないと許さないよ」

凄みのある口調のあと、強い力で腰を掴まれて動きを止められる。

「おれだから気持ちいいんだよね？」

愉悦を取り上げられて、未尋は声を震わせる。涙がこぼれ、切ない嗚咽がもれた。

「ん、んっ。と…っうじさん、冬慈さんだからっ、気持ち…ぃ、ひ…ぅ……っ」

「っ……わかった。その泣き声はまずいな。理性が飛びそうになる」

激情を押し殺したような掠れ声で言われて、大きく足を開かされた。その間に身を置いた冬慈が未尋の最奥に指を伸ばしてくる。

「っぁ……やめっ、だめ――っひ……」

自分でさえ見たことがない箇所を晒《さら》されて、快楽に漂う中ほんの少しだけ未尋は恐れを抱いた。が、片足を抱えられたと思ったら、秘所に温かくぬれたものが触れたから驚く。

とろとろに蕩かしてあげる――――。

宣言された通り、未尋の体はもちろん意識までも蕩かされてしまう。

「いゃ、い…ぁ、んんっ…ぁ、それ…いや――…っ」

丁寧に舐めて湿らされたところに指が入り込み、最初は違和感しかなかったのに前立腺を弄られると圧倒的な快感に未尋は何度も嬌声を上げた。前立腺以外にも、長い指で探し出された感じるところをきつく擦り上げられて、たまらず腰をひねらせる。

体の中の快感は瞬く間に跳ね上がり、出口を求めて暴れ出す。けれど、そんな未尋の快楽をコントロールするのも冬慈だった。体を開かれていく苦しさと戦慄するような悦びに翻弄《ほんろう》され、未尋はくらくら眩暈《めまい》がした。

「はぁ、ゃ…んんっ…ぃ…ぁっ」

それでも最後には、挿入された何本もの指を締めつけて切なさに喘いだ。ようやく冬慈の猛った怒張《どちょう》がそこに触れたとき、未尋はホッとしたくらいだ。

「未尋、見てて。おれが未尋の初めてをもらうよ」

泣きすぎて重くなった瞼を押し上げると、未尋の膝を抱えた冬慈が腰を進めるところで。

「あっ…ゃ――…」

身の内側を開いていく熱塊に、未尋はたまらず顎をのけぞらせた。圧倒する質量から逃れようと無意識に腰を捩《よじ》るが、冬慈の欲望はそれ以上の力強さで押し入ってくる。

「すごい…な、っ……本当にとろとろだ」

呻《うめ》くような冬慈の声にさえ体が震えた。

未尋の呼吸が落ち着くのを待って、冬慈が動き始める。最初はゆっくり、未尋の内側を探るように。けれど未尋が快感のにじむ声を上げ始めると、徐々にスピードを上げた。

「ぁ、ぁ、っ…ん…ぁあっ……」

喉からひっきりなしに声がもれる。まるで春の猫のような甘えた声が恥ずかしくなるけれど、自分ではもう止められなかった。

「…っは、可愛いな。本当どうしようか、加減がきかなくなりそうだ」

「ぁあっ――――…っ」

膝を深く抱え上げられ、奥まで入って来る怒張に、未尋は高い悲鳴を上げる。

気持ちよかった。

気持ちがよすぎて怖いぐらい。

冬慈が押し入るごとに愛しさが体中にあふれ、冬慈が抜け出るごとに切なさに泣きたくなる。

冬慈のことが好きで好きで頭が変になりそうだ。どうしてこんなに好きだと気付かなかったのだろう。こんな愛おしい思いを今まで我慢していられたのか。

心が求めるままに、未尋は冬慈へと腕を伸ばした。

「ん、冬…じ、キス、キス…欲し…いっ」

「っ……。参った、とんだデレた猫ぶりだ」

「ゃ…あぁっ」

冬慈の力強い腕で腰を抱え上げられ、冬慈と向かい合って座るような体勢へと変えられた。自らの体の重みで深く刺さってくる冬慈の熱塊に、未尋は体を竦ませた。

「…ふ、ん…ぁ、ぁ……くっ」

ゆっくりと始まったストロークに未尋は唇を震わせる。少し視線を下げると凄絶なほど艶を帯びた表情があって、未尋と目が合うとさらにそれは甘く蕩けた。

「ほら、キスをするんだろう。おれの首に腕を絡めて」

未尋は震える腕を持ち上げて、冬慈の首へと回す。体勢が安定してホッとするものの、冬慈の突き上げも激しくなった感じがして未尋は衝撃に耐えるように首を反らした。

「こーら。未尋は首にキスして欲しいの？　違うだろ、唇にだよね。だったらこっちを向いて。下を向いて、おれを見てくれないとキスは出来ないよ」

「ん、んっ……、む…り、無理っ……激しぃの、止めてっ」

「楽しいなぁ。もっといじめたいけどもう泣くかな」

苦笑するような愛おしげな声のあと、ようやく冬慈の動きがスローに変わる。

「ん、キス……」

「はいはい。初めてのくせに、おねだりが上手だ」

顎を上げてくる冬慈に、未尋も瞳を潤ませてキスまでの距離を縮めていく。

「冬慈さん、好き……ん」

甘いキスの合間も律動はやまなかった。次第に速いピッチへと変化し、さらに鋭く重く未尋を苛《さいな》み始める。

「っん、ん……っ…ぅ、ん」

冬慈の動きがヒートアップすると、未尋はたまらずキスを解いて肩にしがみついた。震える腰を押さえつけてきつく抉ってくる冬慈に、未尋はあっという間に高みへ連れ上げられる。

「ぁ、だめ、また…んんっ、冬…じ…っ」

「いいよ、未尋が可愛すぎておれがちょっと我慢出来なくなった。一緒にいこう」

「ん、んっ、ぁ、っ――――…」

「く…ぅ……っ」

未尋が声もなく天辺に登りつめたとき、体の奥で冬慈の愛も弾けて広がっていくのを感じた。

「うん、いい感じ。アシスタントの卵にしてはなかなかいいアレンジだよね」

誰ともなしに言い訳をして、未尋は冬慈の部屋で花バサミを使っていた。

一時はどうなるかと思ったコラボエキシビションも昨日大盛況のうちに閉幕した。

浅香のフラワーアートを台なしにした犯人はやはり沢田で、警察の調べで以前金庫からなくなった売上金も沢田の自宅から見つかったという。盗難された金額そのままで発見されたことから、金が目的ではなく本当に未尋を困らせようとしただけのようだった。ただ、フラワーアートを壊した犯行は計画的なものではなかったらしい。気になってふらりと立ち寄った会場が施錠《せじょう》されていなかったためについ中へ入ったが、そこにあったあまりに見事な装花に、これが自分ではなく未尋のアシストで作られたものだと思ったら衝動的に体が動いていたという。

それほどまでに沢田の恨みは深かったのかと、聞いて未尋は悲しくなったが。

プライドの高かった沢田だから、何の知識もない未尋が自分と同じスタンスにいるのが許せなかったというのが直接の動機らしいが、一連の犯行にいたったのはやはり未尋のアシスタント抜擢がきっかけのようだ。手先も器用で師事する浅香と感性も似ている未尋がどんどん力をつけているのがわかり、いつか追い抜かれるのではないかと怖かったのだ、とも。

何とも勝手な言い分だと冬慈は憤慨《ふんがい》していたが、未尋としてはもう終わったことだし売上金盗難に関しては浅香に相談されたこともあって、水に流すことに同意した。

今回は、自分のミスで浅香に迷惑をかけたこともあり一時はアシスタントを辞めようかと考えもしたが、抜けた沢田の代わりに未尋には頑張ってもらうぞと浅香からひと足早く釘を刺されてしまった。だから未尋はこれまで以上に頑張ることを心に決めている。

『紫のチューリップばかり持って帰るのか？　へぇ、冬慈も愛されてるな』

そんな浅香から帰り際に冷やかされたことを思い出して、未尋は顔を赤くする。

コラボエキシビションの撤収作業を終えて回収した花の多くはまだきれいで、未尋は浅香の許可を得て持ち帰り、冬慈に贈るアレンジメントを作ろうと考えていた。

恋人になった冬慈から、一緒に暮らそうと何度も言われている。実際、今日も強く請《こ》われて未尋は冬慈の部屋にお泊まりの予定だ。それでも、一緒に住むとなるとやはり事情が違う。

未尋の感覚からしてみると、同じ部屋で生活するなど家族と一緒のような気がした。

今までずっとひとりで暮らしてきたのだ。母と暮らしていたときでさえ、未尋はひとりだった感覚が強い。だから、未尋はなるべく早く好きな人を見つけて結婚したいと願っていた。愛する人といつも一緒にいる温かい家庭を築きたい、と。

それが冬慈なら、未尋としてもやはり嬉しい。

「けれど、けじめはつけたいんだ」

鼻息も荒く、未尋は緩やかなカーブを描く花の茎にバチンとハサミを入れた。

以前、酒の席で冬慈が戯《たわむ》れのようにプロポーズしてくれたことがあったが、あれは決して冗談ではなかったと今では未尋もわかっている。だからこそ、今度は自分から言いたい。まだまだ仕事も半人前で、冬慈の腕の中にすっぽり収まってしまうような頼りない未尋ではあるが、自分だって男だ。男ならこういう時自分からもう一度プロポーズするべきだろう。

紫色のチューリップの花言葉は『永遠に君を愛す』。この花を使って自分らしいプロポーズを演出し、冬慈と家族になりたいと告げるつもりだった。

「しかもこのチューリップ、『夜の帝王』って言うんだから、冬慈さんにぴったりだし」

ぷくくと小さく笑って、しかし未尋ははたと一番大事なことに気付く。

冬慈を目の前にしたら素直に言えないかもしれない、と。

恋人になってからも、冬慈を前にすると意地っ張りな自分の性格は直らず、冬慈が未尋をいじめてからかうところも変わらなかった。素直になろうと未尋も努力しているが、冬慈を見ると自分の反射神経が勝手に動いてしまうし、何より冬慈が茶化すのだからどうしようもない。

かといって、冬慈さんが花言葉を知っているとは思えないしなぁ。

いきなり直面した問題に未尋は眉を寄せるが、冬慈の帰宅まで間がないことを思い出し、先にアレンジを仕上げようと手を動かした。

「よし、出来た」

メインは紫のチューリップ。他に同色のスイートピーやラナンキュラスなどを使って淡いグラデーションをつけた花かごだ。なかなかいい出来だと頷いたのもつかの間、すぐに気になる部分が出てくる。発展途上の腕前だから仕方ないのかとアレンジメントをリビングテーブルの中央に置いたとき、ちょうど玄関ドアの開く音がした。

「お…お帰りなさい」

慣れない挨拶を言うのはどこか恥ずかしくて、未尋は冬慈の足下へと視線を落とす。どうやってプロポーズの言葉を繰り出すべきかと悩んでいたせいもあった。

「ただいま、未尋。もしかして未尋の作品かな、これは」

未尋の後ろに立った冬慈が当然のように抱きしめてくるが、その腕に素直に体を委ねられないのは性分だから仕方ない。

「何だよ。下手くそだって言いたいんだろ」

「そんなことないよ、ステキだ。でも、だったらみー自身に作ってもらえばよかったかなぁ。あぁ、でもそうしたらサプライズにならないか」

「何ぶつぶつ言ってんの?」

振り返ろうとすると、冬慈の手がおもむろに未尋の首に回ったから思わず肩を竦めた。

「な、何?」

ひやりとした感触のあと、首筋に何かがまとわりつく。見ると、生花を使ったリボンチョーカーが未尋の首に結ばれていた。

ころんと愛らしいバラをたくさん使ったチョーカーはウェディングでよく注文を受けるもの。最高級ランクの花たちを多く使ってあるせいか、少し豪華すぎる感じはするけれど。

「うん、可愛いな。未尋の愛らしさがアップした」

「だからっ、何だよって——」

「結婚して、未尋」

鼻の頭にシワを寄せかけた未尋だが、囁かれた言葉にハッと顔を上げる。ぶつかったのは真摯な眼差し。そして、甘い美貌に浮かぶ蕩けるような笑顔だった。

「な、なん、なんでっ。なんであんたが先に言うんだよ。おれが言おうと思ってたのにっ」

嬉しさと恥ずかしさと悔しさがごっちゃ混ぜになって、未尋は冬慈を突き飛ばして食ってかかる。顔を真っ赤にして、冬慈を睨み付けた。

「冬慈さんのばかっ。何で言っちゃうんだよ。先に言うのはおれのはずだったんだ!」

「へぇ、嬉しいな。未尋も同じことを考えてくれてたんだ？　もしかして、そのアレンジメントが求婚の意味を含んでたりする？　紫色のチューリップかな。それともスイートピー？」

未尋の視線が一瞬テーブルのアレンジへと飛んだことにすかさず気付く冬慈が憎らしい。

「もちろん、返事はイエスだよね。嬉しいよ。これでようやく未尋はおれだけの子猫ちゃんだ」

「……ちょっと待てよ。まさか、このチョーカーって」

「ん、首輪の代わり。どこにも行かせないで、部屋に閉じ込めたいなっておれの願望。あ、未尋がおいたをしたら本当にやるから。とりあえず、今はマーキングだけね」

冬慈の返事に未尋はぶるぶると震える。

「ふざけんなっ。それって、結局プロポーズじゃないじゃん。おれを猫扱いすんなって何度言わせるんだよ。冬慈さんって、本当は単に猫が飼いたいだけなんじゃないか⁉」

このリボンアレンジだって、きっと浅香先生に作らせたんだろう。忙しい先生の手を煩わせるなんて信じらんない。だいたい、猫が欲しけりゃ本物の猫を飼えよっ。何なら、うちに来る美人猫モモを一時借り出してきてやろうか。

未尋はぷりぷり怒ってリボンチョーカーを外そうと首の後ろに手を回す。と、そこで金属の冷たさに触れて動きを止めた。

「外すの？　写真を撮ってから外して欲しいな。スマホの待ち受けにしたいから」

そう言いながらも、冬慈はリボンチョーカーを外してくれる。未尋は、リボンに通してある銀色のリングに目が釘づけだった。ユニセックスものなのか、少し幅広のリングには緻密すぎるアラベスク模様の彫金が施されており、所々小さな黄緑色の石が埋め込まれている。リングがくるりとベルベットリボンの上で回ると、小さな石がそれはそれは繊細な光を放つ。

「冬慈さん、これ……」

リボンから抜いたリングを、冬慈は未尋の指にさっさとはめてしまった。左手の薬指だ。

「とりあえずエンゲージリングのつもりだ。マリッジリングは今度ふたりで買いに行こう？」

ぴったり指に吸いつくプラチナリングの輝きが、何だかやけに目にしみる気がする。

「未尋、プロポーズの返事が聞きたいな」

「――ばか。返事って、そんなの決まってるだろ」

「えー？　はっきり口にしてくれないとわからないなぁ」

「もうっ。だから、『イエス』以外ないって……そんなの察しろよっ」

潤む目を擦って言うと、にっこり笑った冬慈が抱きしめてくる。が、ふいに体を屈めたかと思うと、未尋の膝と背中を掬《すく》い、軽々と抱き上げてしまった。

「ちょっ、何するんだよ。下ろせっ」

「ここは念願のお姫さま抱っこでしょ、前のときは出来なかったし。結婚を誓ったふたりの初めての夜……、うーん、いい響きだね」

「何度も初めての夜があってたまるか。それにまだ夜じゃないだろ、って……下ろせぇっ」

「ふふ。おれの子猫ちゃんはおてんばだなぁ」

未尋の抗議の声にも、冬慈は楽しげに甘い微笑みを浮かべるばかり。力強い冬慈の腕に、未尋は易々と寝室へと運ばれてしまった。

Fin.

魔王のツンデレ子猫

「すみません、浅香《あさか》先生。上がって、少し待ってもらってもいいですか」

重厚な木製の玄関扉から入ってきた浅香に、未尋《みひろ》はひょこんと頭を下げる。

「何だ、冬慈《とうじ》の支度が遅れてるのか？」

光沢が美しいシャツを着て出かける準備万端の未尋に、浅香はちらりと奥を見る。未尋と一緒にリビングへと歩きながら、そういえばと浅香が声を上げた。

「さっき、フロアを引っ張り回されてたか。ま、オーナーだし、こんな時こそ使われなきゃな。日頃、仕事をしないからいい気味だ」

柔らかそうな茶色の髪を長めに伸ばした浅香はふんわりとした繊細な美形だが、その口から飛び出す歯切れのいいセリフは少々人が悪く、見かけの印象を裏切るものだ。

明るいグレーのスーツに白のシャツ、細い首元を洒落たアスコットタイで彩《いろど》った浅香は、今日一日仕事をしてきたせいだろう、少し疲れた様子でソファに座り、未尋へ視線を投げてきた。

「しかし——さっきの未尋のセリフ、奥さまぶりが板についてきたな」

「そっ…そんなことないですよ。変なことを言うのはやめて下さいっ」

師事する浅香に冬慈とのことを茶化されると、とりわけ恥ずかしくなる。

冬慈と付き合い始めて半年ちょっと、一緒に暮らし始めてまだ五ヶ月だ。

冬慈との生活は思いのほか順調だった。意地悪な冬慈に未尋が反発して軽いケンカになるというこれまでの関係性が生活の中に入ってきた感じで、思った以上に違和感がない。それぞれの仕事のせいで生活リズムがまったく違う件も、どちらも職場が近いおかげで何とかふたりの時間も持てていた。何より、互いに努力して時間を合わせていることも大きい。

いろいろと問題も起こるけれど、今のところまずまずといったところだ。

いや、実のところ——母がいなくなってひとりで暮らしてきた未尋にとって、同じ家に誰かが帰ってきたり家の中に誰かの気配があったりするのは思った以上に心が慰められてほんわかする。ましてや、それが未尋の好きな人なのだから幸せ以外の何ものでもなかった。

「あれ、うちの花じゃないだろ。もしかしてまた花巡りに行ったのか?」

浅香の声に振り返ると、彼が見ているのはリビングの出窓を飾る生け込みだった。

豆科の枯れたサヤがデザインチックなベルベットビーンズといった奇抜な花々を使ったそれは、フラワーショップ『スノーグース』ではあまり仕入れない花材のため、店長である浅香は他店のものだとすぐに気付いたのだろう。

「まったく、今日はゆっくり休めといっただろう?」

「えっと……すみません、行きました。あのでもっ、十分休みましたから。朝寝坊して、洗濯や掃除もしてるんです」

わずかに眉をつり上げた浅香に、未尋は焦ったように両手を振る。

「未尋なりに休んだのならいい。だが、何だろうな。未尋はおれと一緒でのんびりすることが出来ない人間なのかもな」

微苦笑しながら言った浅香のセリフには大いに頷く。

ここしばらく、未尋を初めとして浅香や店のスタッフたちは大変忙しかった。それというのも、店舗で大々的なアートイベントを予定しているためだ。

フラワーショップ『スノーグース』が入る複合商業ビルは美術館を擁《よう》するせいか、以前からアーティスティックなイベントが多い。今年は今月十一月をアート月間と称し、テナントやビルの施設のあちこちでアートイベントを行うことになっていた。我がショップでも、雑貨販売や教室として使用している二階スペースで、生花を使って音と光の幻想的な空間を作り上げるプロジェクションマッピングを予定している。東京駅の完成イベントや札幌の雪祭りなどで一躍知られるようになった映像アートだ。

浅香の右腕である野辺山《のべやま》のリードのもと、主にショップスタッフが中心となって進められているのだが、手が空けば未尋も積極的に手伝っていた。そうして気付けばほぼふた月休みもなく精勤しており、働きすぎを心配した浅香に今日を含めた二連休を申し渡されたのだ。

しっかり休めともらった二連休だったが、初日の今日は花の勉強のために使ってしまった。

前から定期的にやっているが、休日を利用して気になる花屋を回ったり、浅香のフラワーアレンジメントがあるショップを客として利用したりという勉強のための花巡りだ。

浅香のアレンジや生け込みが置いてあるショップはどこも高級店ばかりだから本当の意味で未尋が客になれるわけではないが、店を訪れたという意味では未尋も客の目線に立てる。だから、仕事を離れた視点で浅香の作品をどう感じるのか、他の人はどんなふうに見ているのか、日にちが経ってアレンジメントがどう変化するかなど、浅香の傍でアシスタントをしているだけではわからないことを感じたかった。リビングの出窓を飾る花も、そうした勉強のために気になる花屋で毎回少ない予算ながら定額で作ってもらうブーケである。

「浅香、もっと言ってやって。未尋の頭の中は花のことばかり。おれたちはまだまだ新婚だって言うのに、満足にいちゃいちゃも出来てないんだよ。昨日だって、さっさと寝ちゃって」

とんでもないことを暴露しながらリビングに入ってきたのは冬慈だ。

艶のある黒髪をゆるく後ろへと流し、男らしい端整な容貌に質のいいスリーピースを身に付けた姿は、上流階級にふさわしい風格を纏《まと》わせていた。夜の住人を思わせる危ういフェロモンも今はなりを潜《ひそ》め、形のいい唇を不満そうに歪めてアクの強い表情を浮かべている。

柔らかなもの言いと穏やかな雰囲気に騙されがちだが、冬慈の本質はなかなか気難しくてひねくれている。外面が抜群にいい冬慈は本性をいつも上手に隠してしまうが、気心の知れた者しかいないプライベートスペースにいるためか、今は一ミクロンも隠していなかった。

「もう、冬慈さん。先生に変なことは言うなよ」

フランクな冬慈が嬉しいと思う反面、厄介だと考えてしまうのは、そういう時の冬慈は未尋をからかっていじめることが圧倒的に多いからだ。

「変なこと？　みーと新婚なのも、満足にいちゃいちゃ出来てないのも本当のことだろ」

「だからっ、それを先生に言うのは違うって話」

未尋が眦《まなじり》をつり上げると、冬慈はあっさり肩を竦めた。

「ま、そうだね。花好きの仕事中毒は浅香も同じだし、言っても詮《せん》なきことかな」

「その言い方は失礼だろ。浅香先生に謝れよ。ついでにおれにも謝れ」

「へぇ。みーは『ついで』でいいんだ？」

「そこを突っ込むな！　何でいつも変な揚げ足を取るかな」

機嫌のよさを声ににじませて美貌を甘く緩《ゆる》ませる冬慈ははっとするほど魅惑的だが、そう簡単に未尋は騙されない。にやにや笑う冬慈と睨《にら》み合っていると、

「そこまでにしろ。まったく、おまえたちは相変わらずなんだから」

浅香が声を上げた。浅香の取りなしに冬慈が残念とばかりに肩を竦めるのを見て、未尋は反射的に眉がぴくりと動いたが、ここは自分が大人になろうと我慢する。

「それより、冬慈さんはもう出かけられるの？　せっかくのパーティーなんだから、遅刻なんて嫌だからね」

　思いにふたをして訊ねると、冬慈は苦笑して頷いた。

「はいはい、悪かったって。待たせたね、行こうか。浅香もせっかく持ってきたフラワーアレンジメントを忘れるなよ」

「あ、おれが持ちます」

　玄関先に置いてあったシックな秋色のフラワーアレンジメントが入った紙袋を、未尋が率先して持ち上げる。三人でマンションを出ると、エレベーターに乗り込んだ。

「なぁ、冬慈さん。今日は八束《やつか》さんと話が出来るかな。サインとかもらいたいんだけど」

　二連休中の未尋だが、夕方のこれからはパーティーへ行くことになっていた。冬慈と浅香の友人である八束という服飾デザイナーが関係するパーティーである。当人には未尋も以前何度か会ったことがあるが、華やかな業界にいるためか容姿も中身もとても魅力的な人だ。

「サインをもらうって、何か書いてもらうものは持ってきているのか？」

「あ、そうか。えぇと、今着てるこのシャツとか？　これ、ケイスケ・ヤツカの服だし」

　コートの下に着ているシャツを引っ張ってみせると、冬慈は小さく苦笑している。子供のようにはしゃぐ未尋に、浅香が思い出したように声を上げた。

「そうか、未尋はあいつのファンだって言ってたな」

「はい。大ファンです。以前お会いしたときは挨拶しか出来なかったので今日はもっとゆっくりお話し出来るかってワクワクしています」

冬慈のマンションに住んでいても、未尋が貧乏なのは変わらない。抱えていた借金はつい先日完済《かんさい》したとは言え、見習いである未尋の給料はそう多くはなく、デザイナーズファッションなど買う余裕はなかった。それでも、今若者に人気が高い『ケイスケ・ヤツカ』ブランドの服を未尋が持っているのは、冬慈がプレゼントしてくれたからだ。

冬慈と付き合いだしてから何かとプレゼントをもらうのだが、その中でも服は一番多かった。高価な服をもらうのは気が引けると何度も訴えたが、未尋を着飾らせるのは恋人の特権だと冬慈も譲らない。数多くの服のプレゼントのなかに、八束が作った服もあった。好きだなと手に取るシャツやパンツがどれも八束デザインで、最近では自分でもネットやセレクトショップでチェックを入れるほどファンになっている。

「浅香先生、大丈夫ですか？　何か顔色が悪いですけど、またお昼食べてないんじゃ……？」

話をしている間に、エレベーターはかすかな振動音とともに一階へと到着した。

「昼前からブーケの受注が途切れなくてな。あー、腹が減りすぎて気持ちが悪い」

「もう、先生はいつもそうなんですから。じゃ、ついたらすぐご飯を食べましょう」

エレベーターの扉が開き、未尋たちは華やかな商業フロアへと足を踏み入れる。行きがけに、イベント会場のひとつとなっている中央広場に寄っていきたいと冬慈が言い出したためだ。

都心の一等地に建つこのビル『オークスイートガーデン』の持ち主は、隣を歩く冬慈だ。直接経営には関わっていないと言うが、現在開催中のアートイベントは冬慈の発案のためか、今回は率先して動いているらしい。そのせいで、夏からずっと冬慈はとても忙しかった。

今もイベントの現場で何かトラブルが起こったらしく、エレベーターに乗っている最中から電話にかかりきりだ。が、終始穏やかな口調で少しも焦った様子でないのがいかにも冬慈らしい。薄く微笑みさえ浮かべているような恋人の横顔を、未尋はそっと横目で見た。

本来、ビルの上階にあるレストランとバーを経営する冬慈だ。夜の住人だからか、明るく賑《にぎ》やかなアパレルショップが並ぶフロアを歩く姿は、周囲からずいぶん浮いて見えた。

男らしく整った容貌は大人の色香を存分に匂わせており、同時に夜の時間を彷彿《ほうふつ》とさせる妖しい気配も漂わせている。他を畏怖させるほどの圧倒的な存在感を隙のない上質なスリーピースで固めた姿は、どう見ても普通のサラリーマンには見えない。女性たちは畏れながらも冬慈のフェロモンに引き寄せられて熱い視線を送っているが、男性となるとあからさまで強い雄の気配を感じ取ってか目も合わせようとしない。

スーツの色も限りなく黒に近いし、もしかしたらその筋の人間だと思われてるのかも。

未尋は内心で苦笑しながら、見えてきた中央広場へ視線を投げる。

アーティスティックなモビールがつり下がる中央広場には、今は仮設のステージが設けられており、多くの人々が押し寄せていた。確かこの後ステージでは、人気アナウンサーの司会でイタリア人アーティストのトークイベントが予定されていたはずだ。

「すみません、八重樫《やえがし》オーナー」

未尋たちが広場へ歩いて行くと、いち早く冬慈を見つけたらしいイベントスタッフが駆け寄ってきた。そのまま引っ張るように、冬慈をステージ脇へと連れて行く。

「あの慌てぶりはちょっとマズそうだな」

浅香が腕時計をちらりと確認したのは今夜のパーティーへの参加を危ぶんでのことだろう。

未尋も眉をひそめてスタッフでごった返すステージの脇を見やる。

まさか、パーティーへ行けなくなるなんてことにはならないよな……。

人が多すぎて冬慈の姿がもう見つけられないことに、未尋は　抹の不安を覚えた。


今日開催されるパーティーは、スペインバル風レストランで行われている。

スペインでバルといえば気安い酒場のことらしいが、一枚板のカウンターや板張りの床など木を贅沢に使った店内はなかなかにラグジュアリーな空間だった。明るいブラウンの土壁にオレンジ色の灯りがふんわりと点り、情熱的だがどこかもの悲しいギター音楽が流れる空間には外国人も多くいて、本当に本場スペインのレストランにいるようなおかしな気分になってくる。

テーブルだけの立ち飲み形式の会場には、もう多くの参加者が集まり賑わっていた。

「わ、わっ。浅香先生、見たことがある芸能人がたくさん！　あっ、あの人！　おしゃれで有名なサッカー選手ですよ」

雰囲気ある店内に見とれていたのも束の間、未尋は目に飛び込んできた参加者の豪華な顔ぶれに興奮した。頬を赤くして、ついキョロキョロと周囲を見回してしまう。

「言ってなかったか？　八束はデザイナーになる前はスタイリストを本業としてたんだぜ。しかも、トップスタイリストとして大活躍していた。そもそも今日のパーティーが、デザイナー一本でやっていくため、スタイリストの仕事から完全撤退《てったい》するお疲れさま会って名目だ。あいつの引退を惜しんで、親しいモデルや芸能人が押しかけてきてんだろ」

浅香の話に頷くも、未尋の視線はまだ会場にとどまったままだ。

未尋だって芸能人を見たことはある。巷《ちまた》で大人気のフラワーデザイナー浅香の元で働いているため、ショップには芸能人が毎日のように訪れるし話す機会だってある。なのに、パーティーで笑いさざめく芸能人たちはきらびやかさが違った。ショップで見た人物であっても、ここでは別人かと見まがう眩しいオーラをまとっていることに、未尋は感嘆してただただ見とれる。

セレブなパーティーって本当にすごいなぁ……。

「さて、八束は……と。ったく、あいつらは……」

友人のデザイナーを見つけたらしい浅香が歩き出したのを見て、未尋も憧れの人に会えると胸を高鳴らせながらついていく。しかし、同時にもの足りなさも感じた。

冬慈さんと一緒だったらもっと楽しかったのに。

出がけにトラブルが起きてイベントスタッフに連れて行かれた冬慈は、あの後なかなか戻ってこなかった。しばらく動向を見守っていたが、トラブルの処理に時間がかかることがわかり、冬慈に伝言を残して先に行くことになったのだ。一時は自分だけでも残ろうかと考えたが、思ったより体調が悪そうだった浅香が心配で未尋も一緒に行くことにした。

冬慈がいないのはとても残念だが、未尋はすぐさま気持ちを切り替える。浅香の肩の向こうに、見知った姿を見つけたからだ。浅香と冬慈の学生時代からの友人で、未尋の憧れのデザイナーである八束啓祐《けいすけ》が腕組みをして立っていた。

オレンジに近いブラウンのスーツを着て、袖をまくり上げたナチュラルなおしゃれを演出する長身の八束に、未尋はしぜん背筋が伸びる。色素の薄い髪を無造作に首の後ろで結び、整った美貌は女性的なものだが、きりりと鋭《するど》さをはらむ眼差しはひどく男くさかった。特に、今は挑発するように前を見据えて眦をつり上げているせいかもしれない。

何を鋭く見ているのか。

八束の視線の先に目立つ男を見つけて、未尋はわずかに眉を寄せた。

あの人、ちょっと苦手なんだよな。今日いるとは思わなかった。

華やかな芸能人があふれるパーティーの場でも異彩を放つ男——世界で活躍するトップモデルの泰生《たいせい》だ。見上げるほどの長身に男らしい美貌、甘さと鋭さという両極を内包する不可思議な眼差しなど誰もが魅了される男ぶりだが、外見以上に人を惹き付けるのはあでやかすぎるオーラだろう。立っているだけで視線を奪ってしまう華やかさはさすが魅せる職業だと思うが、同時にすべてを拒絶するような冷ややかさもその身に纏わせており、容易に人を近付けさせない雰囲気を醸《かも》し出している。

ただ、未尋が苦手だと思うのはそんな圧倒的な存在感や他人を拒絶する冷然とした雰囲気ではなく、前に男から『子猫』扱いされたせいだ。もっとも、彼は覚えていないかもしれないが。けれどそんなことがあったせいか、泰生はどこか冬慈と似ている印象があった。有無を言わせず人の視線を奪っていく魅力的なところや威圧されるほどの存在感の強さもそうだ。いや、未尋にとってふたりが要注意人物だからかもしれない。

「騒がしいと思ったら、今日の主役が何やってんだよ」

険悪に睨み合っている男ふたり――八束と泰生に、浅香は何の躊躇《ちゅうちょ》もなく声をかけた。八束が驚いたように顔を上げ、浅香を認識する。

「珍しいヤツが来たよ。浅香じゃないか――」

学生時代からの友人のふたりは親しげに挨拶を交わしていた。持ってきたフラワーアレンジメントもパーティーの主役である八束へ渡すものだったようだ。

先ほど会場へ向かう車中で浅香に聞いたのだが、高校時代に八束は生徒会長をしていたらしい。今日のお疲れさまパーティーのように人が多く集まってくるような人望の厚い生徒会長だったのだろう。優しげだが頼りがいのある風貌に、未尋の憧れはますます強くなる。

頬を紅潮させる未尋に、浅香が苦笑して背中を前へと押し出した。

「八束、おれのアシスタントスタッフで白柳《しろやなぎ》未尋だ、何度か会ったことがあるだろ？　八束の服のファンだって言うんで今日は連れてきた。未尋、挨拶」

「は、はいっ。こんばんは、白柳未尋です。八束さんの作る服がとても好きで、ファンになりました。今日はお疲れさまでした。違うっ、えっと、今日までお疲れさまでした？」

緊張して、自分でも何を言っているのかわからなくなる。顔もこわばっているし、もしかしたら怒っているように見えないだろうか。声もコントロール出来なくて、変に大きくなってし

まったのも恥ずかしい。身を小さく縮めてしまう未尋に、

「ありがとう。そのシャツ、ぼくがデザインしたヤツだね」

八束は気さくに話しかけてくれた。笑顔が柔らかくて、未尋の緊張もほんの少し緩む。だから、勇気を出して今度は未尋から話しかけた。

「このシャツすごくお気に入りなんです。生地が柔らかくて着心地もいいんですけど、着ただけで自分が何だかおしゃれに見える気がするんです」

「うん。ちょっと変則的なデザインだからどうかなと思っていたけど、君にはよく似合っている。今日のパンツとも相性がいいね」

「ありがとうございますっ」

デザインしてくれた人にそう言ってもらい、感極まってもう泣きそうだ。人気があるデザイナーなのに気取った様子もなくフランクな八束に、さらにぐんとファン意識が高まる。

キラキラと目を輝かせてしまう未尋に八束がふと目を見張った。

「うん、強気なジュンぺも悪くない。デレるとたまらなく可愛いな」

何かおかしな言葉を聞いた気がして、未尋は八束と目を合わせたまま瞬《まばた》きを繰り返す。

「この子、持って帰っていいかな。ジュンペに似てるから、もううちの子だよね」

八束の唇からしごく真面目な声が発せられて、未尋はこわばったような口を押し開く。

「……………『ジュンペ』って何でしょう」

「ジュンペはぼくが飼っている猫だよ。ほら、あそこにも似た子がいるでしょ？」

八束が長い指で差したのは、泰生の脇に立つ男の子だ。いや、男の子という言い方は少し失礼かもしれない。確か、橋本潤《はしもとじゅん》という名の彼は大学生のはずだ。しかし、未尋と同じほどの小柄な体格に、いとけないベビーフェースが潤の年齢を押し下げて見せていた。

外国の血が入っているのがひと目でわかるハーフの顔立ちだ。顔が小さいのに目は大きくて、整った鼻筋や上品な口元など芸術品のような美貌はまるでビスクドールのようだったが、惜しむらくはいつも俯きがちなせいでどこかひっそりした印象の方が強い。今も、圧倒的な存在感を放つ泰生の陰に隠れるように立っているせいか、もったいないほど目立たなかった。

そんな彼が、八束さんが飼っているジュンペという猫に似ていて、おれも似ている……？

意味不明な発言に未尋は首をひねるが、当の八束はもう隣にはおらず浅香や泰生たちと大いに盛り上がっており、再度訊ねる訳にもいかなかった。

何かの比喩《ひゆ》か、おれの聞き間違えかな。

そう結論づけたとき、潤がぼんやりこちらを見ていることに気付いた。

いけね、今ちょっと見すぎたかな。

「橋本さまでしたよね？　こんばんは、お久しぶりです」

必要以上に熟視したのが後ろめたくて、ことさら愛想よく話しかけた。

浅香の知人で、客として来店したこともある潤とはこれまで何度も話したことがある。そう知らない仲でもないと思ったのだが、相手は話しかけられるとは考えてもいなかったのか、ひどくうろたえた様子で挨拶を返してきた。いや、自分が少しなれなれしすぎたらしい。

何だか、臆病な小動物に突然声をかけて脅かしてしまった感じがする。

下げた頭で脇に立つ泰生をど突いたり声が上擦っていたりと、潤の動揺ぶりには未尋の方が申し訳なくなった。ふたりであわあわしていると、泰生が面白そうに眉を上げた。

「微笑ましい光景だ、子猫同士が仲良くしてるぜ。潤、おまえまだ全然メシ食ってないだろ？　そっちの猫連れて一緒に行ってこい。何度か来たことがあるからわかるだろ。案内してやれ」

親切そうに泰生は言うが、未尋は目が尖るのを止められない。

やっぱり嫌いだ、この男。

目角《めかど》を立てる未尋に、隣にいる潤が大きく声を上げた。

「カウンターでタパスを受け取るんですっ。こっちです」

まるで泰生から引き離すように、未尋の腕を引っ張っていく。歩きながら、潤は申し訳なさそうに頭を下げた。

「すみません。泰生は冗談が好きなので……」

「別にいいですけどね。猫に似ているって他の人にもよく言われるし」

鼻息も荒く吐き出すと潤がまたぺこりと頭を下げるのを見て、未尋ははっと我に返った。関係のない人間に、なに八つ当たりしてるんだ、おれ。

一度小さく深呼吸をして、未尋は気持ちを落ち着かせる。

「すみません、橋本さま。お…私は大丈夫ですから気になさらないで下さい」

しかし、実際のところ潤と泰生は関係なくはない。いや、おおいに関係があると言ってもいいだろう。泰生の言うことに、潤が代わりに申し訳ないと謝罪するのは、彼らが同性でありながら恋人同士だからだ。

一方は世界的に有名なトップモデル。日本での活動は避けているのかマスメディアにはほとんど姿を見せないが、ファッション業界では常に華々しく活躍するカリスマ的存在だ。見かけはもちろん言動も派手で、傲岸不遜《ごうがんふそん》な態度は彼のトレードマークだという。

そして、一方の潤は大学生だ。今どきの華やかな学生ではなく、聞くところによると勤勉家《きんべんか》を地で行くような真面目な学生らしい。モデル顔負けの容姿ながらどこか一歩引いているようなひかえめな態度のせいか、ぱっと見は地味な印象さえあった。

何もかもが正反対のふたりだが、恋人としての仲のよさは周囲が当てられるほどだ。

共通点もなさそうなのに、ふたりがいつ出会ってどのように付き合うようになったのか。ふたりの親密すぎる様子を見ていると、興味深くてうずうずする。機会があったら、ぜひ一度聞いてみたい。

「あの……改めて自己紹介させて下さい。橋本潤と言います、大学の一年生です。よかったら、名前を教えてもらえますか？」

歩みを緩めた潤が、おずおずとそんな風に切り出してきた。

少し堅苦しいほどの行儀のよさは社交辞令かと思わせたが、全身からにじみ出る好意は間違いようがない。未尋と親しくなりたいとストレートに伝えてきていた。

「それから、今日はおれは客ではないのでそんな丁寧にしゃべらないで下さい。たぶん、あなたより年下だし」

訥々《とつとつ》と話す潤はそんな風に締めくくる。

何か、可愛い人だな。

未尋の唇は知らぬ間に緩んでいた。

これまで、店でもプライベートでも付き合いのある人たちの中ではだいたいいつも未尋が一番年下で、弟のように可愛がられたり構われたりする側だった。けれど潤の純朴さに、今度は自分の方が面倒を見てあげたい気持ちになる。

弟がいたらこんな感じかな。

「じゃ、そうさせてもらおっかな。おれは白柳、白柳未尋って言うんだ――」

気軽に未尋が自己紹介をすると、潤ははにかむように笑った。

内気な子は笑顔までひかえめらしい。が、笑ってくれると、何だかとても嬉しくなる。

百戦錬磨のトップモデルもこんな潤にノックアウトされたのかもしれないと納得して背後を見ると、浅香や八束と談笑している当の泰生とばちりと目が合った。すぐに何でもないそぶりで視線は逸らされたが、潤のことを見守っていたのは間違いないだろう。

愛されているなぁ……。

先ほどはさばけた口調で未尋を案内しろとか言ったくせに、内心ではいとけない恋人が心配で仕方がなかったのかもしれない。未尋の方が恥ずかしくなるような溺愛ぶりだ。

そういえば、以前未尋の仕事場である花屋にふたりで訪れたときも泰生は潤に気を配っていた覚えがある。少し過保護すぎるような泰生の眼差しに、しかし潤の方はあまり気付いていないようだった。見かけは傲慢《ごうまん》そうなのに恋愛に振り回されているのは案外泰生の方なのかもしれないと、未尋は目の前で店のおすすめ料理を一生懸命説明している潤を眺めた。

「あの、白柳さん……?」

「あ、うん、聞いてる。タコのマリネか。おれ、すっぱいのってあまり得意じゃないんだよな」

「だったら――」

末尋はさっと気持ちを切り替え、料理を選ぶことに専念する。

黒板に手書きで書いてあるメニューは聞いたことのない料理ばかりで、末尋は大いに迷った。それでも潤の意見を参考にしてトルティージャと呼ばれるスペイン風オムレツと小鰯《こいわし》の唐揚げ、アサリのパエリアを選ぶ。

末尋同様まだ食事を取っていない浅香の分も確保しようかと考えたが、今日の主役である八束たちと談笑しているためか次々に人が挨拶に訪れており、とても食事は取れそうになかった。

あとでいっぱい食べてもらおう。

今は甘い果汁ドリンクを飲んでいるためか、少し顔色もいい。

忙しすぎて食事を抜くことも多い浅香の体調コントロールは、最近では末尋の仕事のひとつとなっていた。浅香はエネルギー不足でも放っておくとフラフラするまで仕事をするため、末尋が出来る限り気を付けるようにしているのだ。

料理を手に浅香たちのもとへと戻ったが、食事は脇のテーブルで取ることになった。

「あ、美味しい。これ、おれの好きな味だ」

ワンプレートにきれいに載せられた料理は、どれも想像以上に美味しかった。

冬慈さんと一緒に食べたかったな。

サクッと、衣が美味しい鰯の唐揚げにかじり付きながら、末尋は会場を見回す。

本当だったら今頃冬慈と一緒にパーティーを楽しんでいただろうに、どうしてトラブルなど起こってしまったのか。仕事だから仕方がないけれど、だからといって気持ちは納得出来る訳ではなかった。

パーティーには間に合わないかもしれないと考えると、しぜんため息がこぼれ落ちてしまう。

「どうかしましたか?」

それを聞きとめたらしい潤に気遣わしげに訊ねられて、未尋はつい愚痴をこぼしていた。

「本当はさ、もうひとり知り合いが一緒に来るはずだったんだ」

「そういえば、さっき浅香さんもそんなことをおっしゃってました」

「うん、出がけに仕事でトラブルが起きたんだ。おれもさ、仕事だってわかるよ。トラブルが起きたら何を置いても処理しなきゃならないって。でも前から決まっていたパーティーなんだから、もっとどうにか出来たんじゃないかってさ。全部おれの勝手な言い分だけど。でもいろいろ考えてたら――やっぱりちょっとむかつく」

勢いのままに甘いサングリアを一気に飲み干す。タイミングよく相槌を打ってくれる潤に気をよくして、未尋はぐっと身を乗り出した。

「だろ? 橋本くんも仕事だってドタキャンされたらむかつくよな」

「え、えっと。でも、むかつくと言うより残念だなとか、寂しいという気持ちが大きいような」

「……橋本くんって本当に性格いいよな。素直というか人が好いというか。そりゃ、おれだって少しはそんな風に思ってるよ。ううん、本当は少しじゃなくて——」

「白柳さん？」

言葉を途切らせた未尋を、潤が覗き込んできた。近くで見ると、潤の瞳は金茶と淡いグリーンが溶け合ったような不思議な色をしているのに気付く。まつ毛も驚くほど長い。

やっぱり橋本くんはお人形さんみたいだ……。

にじみ出てきた——冬慈がここにいないという寂しい気持ちを抱えたまま、未尋はぼんやり不思議な瞳に見入った。潤は戸惑ったように瞬きをしたあと、おずおずと口を開く。

「でも、白柳さんのお知り合いの方は今日は遅れても来られるんですよね？」

「あ、うんっ。来る来る」

うわ、橋本くんに感化されてつい素直になりかけてた……。

寂しい気持ちに心を占拠されかけたことにもうろたえて、オーバーなくらいに反応してしまう。潤は首を傾げていたが、未尋が無理矢理笑みを作るとごまかされてくれたようだ。

もう何も言わずに食事に専念すべきだと、未尋はフォークを持ち直した。

「あの、今浅香さんってお忙しいんでしょうか——」

潤がふと思い出したように未尋に話しかけてくる。間もなく迎える姉の誕生日に花を贈りたいが、何かいいアイディアはないかということだった。

「橋本くんのお姉さんって、年は幾つ？　あと、どんな人か聞いてもいいかな」

俄然《がぜん》、未尋は力が入る。

先ほどは兄貴風を吹かせるどころか、逆に愚痴を言って慰めてもらった次第だ。今度こそ潤の力になりたいと未尋は大いに意気込む。ましてや、自分の得意分野のことなのだから。

話を聞いてみると、潤の姉はずいぶん華やかな人のようだ。普段から花をもらい慣れている彼女に何の花を贈ったら喜んでもらえるかと、ずいぶん姉思いの相談ごとだった。

愛情を寄せる家族がいる潤が羨ましくも微笑ましいと思い、同時に応援したくなる。

「それなら、自分で作ってみればいいよ。ちょうど十一月の終わりだろ、その頃はもう街もクリスマス一色じゃないかな。だったらクリスマスリースを作って贈るというのも新鮮でいいと思うんだ」

そうだ。未尋が勤めるフラワーショップ『スノーグース』でも、今月のアートイベントと平行して来月のクリスマスの準備に大わらわだ。浅香や未尋が忙しいのはそのせいもあった。

今の季節に贈るなら、花より断然クリスマスリースの方がいい気がする。どうせなら、買うより自分で作ったものの方が喜ばれるのではないか。クリスマスリースだと、下準備したものを使えば初心者でも簡単に作れるはずだ。

そう思って潤に提案してみた。

一般的に花に触れる機会が少ない男性は、丁寧に作られたクリスマスリースともなると豪奢《ごうしゃ》な花束と同じくらい女性に喜ばれることを知らない人も多い。案の定、潤もどこか反応が悪かったため、未尋はクリスマスリースのすばらしさを丁寧に説明したのだが。

「……もしかして、嫌？」

未尋が熱く語れば語るほど潤の眉がしんなり下がっていくため、やはり花の方がよかったかと見当違いな提案をして申し訳なくなった。しかし、気落ちした未尋を見て今度は潤の方が慌てる。ついでに両手もあわあわと動いていた。

「違いますっ、嫌なんじゃないんです。ただおれはとても不器用なので作れるか心配で」

あ、そっちの心配？

虚を突かれて、未尋が瞠目していると。

「だったら、未尋がマンツーマンで教えてやればいいんじゃないか」

浅香が未尋の隣に並ぶ。八束との歓談を終わらせて、いつからか泰生と一緒にふたりの話を聞いていたようだ。

「浅香先生、でもおれはまだ――」

浅香のアドバイスには頷けるが、しかし自分の実力はまだ誰かに教えるにはいたっていないのではと未尋は言葉を濁す。そんな未尋に、浅香が力強く言葉を継いだ。

「未尋にもそろそろ教室の助手に入ってもらうつもりだったんだ。だからちょうどいい機会だ。言葉は悪いが、腕慣らしさせてもらおうぜ」

教室の助手？　おれが……。

未尋が呆然としている間に、腕慣らしとは言っても実力は自分が保証すると浅香が断言してくれる。そのことにも、未尋は感激で目の辺りが熱くなった。

実を言うと、未尋は今夏に下級ではあるが花を扱うための資格も取得して自分なりに頑張っている。それでも店では一番の下っ端でスタッフは自分よりはるかに上手い人ばかりで、どんなに技術を磨いても休みなく働いても、まだ今の頑張りでは足りないのではないかと焦ることも多かった。尊敬する浅香の役に立ちたいのに、雑用ぐらいしか未尋には仕事がないのだから。

ステップアップは、だから未尋が今一番望んでいたことだ。

「どうする、未尋？」

浅香に厳しくも温かい目で問われて、未尋は奮い立った。

「先生、おれ——…やります。やらせて下さいっ」

涙を瞬きで散らして、力強く声を上げた。そんな未尋に、浅香が「そうか」と笑みを見せる。

が、すぐに真顔に戻った。

「でも、あくまでおれのショップのスタッフとして行うんだ。一フローリストとして恥ずかしくないように、準備はもちろんだが自分のブラッシュアップも怠《おこた》るなよ？」

浅香の言葉に未尋は大きく頷く。

「あの、待って下さいっ」

しかし、当の潤がクリスマスリース作りに二の足を踏む。

先ほど自己申告があった不器用さが原因らしいが、それならそうでやり様はある。難しい素材はなしにするとか、下処理は全部自分がやって、潤はただリースの土台に松ぼっくりやプリザーブドフラワーをボンドでくっつけるだけだったら出来るのではないか。未尋がつきっきりで面倒を見ることで、作業途中の問題も解決するはずだ。

潤が不安に思う点をひとつひとつ解消していくと、彼の表情も次第に明るくなっていった。浅香や恋人の泰生の口添えにも勇気づけられたのだろう。

「……それじゃ、お願いしてもいいですか？」

まだどこか不安げではあるが、潤の顔にはチャレンジしたいという意欲も確かに見えた。こんなに渋るほどの不器用さとはどれほどのものかと未尋は少し気になったが、全幅の信頼を寄せられるとやはり嬉しい。

「そんなかしこまらなくていいよ。おれたちもう友だちだろ？　おれの方こそよろしくな」

くすぐったくもあって、末尋は軽い口調で混ぜっ返す。

その時――――。

「何がよろしくだって?」

鼓膜《こまく》を震わすような美声とともに背後から長い腕が絡みつき、抱きしめられてしまった。ぎょっとして振り返ると、冬慈の姿を見つける。

やっと来た。

待ちわびた恋人を認識した瞬間、へにゃりと崩れそうになった目元に慌てて力を入れた。反発するようにキリキリつり上がっていく眦のまま、末尋は冬慈を見上げる。

「ちょっ……冬慈さん、離せよっ」

公衆の面前で抱きしめられる恥ずかしさもすぐさま怒りへと転化された。なのに冬慈は、そんな末尋の怒気を何でもないことのように真正面から受け止めてやんわり笑う。

「やだね、おれを置いていった罰だ。酒を飲む場にひとりで来るなって言っただろ?」

「一緒に行こうと思ったのに、直前になって冬慈さんに仕事が入ったんじゃないかっ」

「だったら先に行かずにおれを待ってるでしょ? 普通」

「何だよ、その普通って。だったら冬慈さんこそ、トラブルが起こらないように最初から準備に万全を期せばよかっただろ、普通!」

未尋があげつらうと、冬慈は一変。嘆かわしいとばかりにわざとらしくため息をついた。

「言っていることは正論なのに、最後の『普通』という言葉で全部台なしだな。下手な猿まねじゃないか。みーは子猫だと思ったけど、実はお猿さんだったのかい？　あぁ、だからみーはバナナが好きなんだね」

「嫌みで使ったんだよっ。わかれよ、『普通』っ」

からかわれているのがわかっているのに止められなかった。

冬慈が楽しくてたまらないという顔で見下ろしてくるのがとても憎らしい。

「へぇ、八重樫さんとこの猫だったんだ、その子」

冬慈とバトルをやらかしているのに空気を読まずにのんびり割って入ってきたのは、その場にいた泰生だ。どうやら冬慈と泰生は知り合いだったらしい。

ふたりは似ていると思ったこともあったが、同じ場に立つと印象は百八十度も違っていた。

泰生は見た目も中身も傲慢そうな尖った雰囲気そのままだが、冬慈はどこまでも穏やかな紳士ぶりを発揮している。柔らかい口調で、わがままをそうと思わせずに貫き通す冬慈の専横《せんおう》ぶりを知っている未尋からすれば、えせ紳士と叫びたくなる。

泰生さんの方がストレートに傲慢さがにじみ出ていて、その正直さにまだ好感が持てるかも。

冬慈への反発心から一瞬そんなふうに思ってしまったが、相変わらず自分を猫扱いする泰生に、未尋はすぐさま考えを一蹴した。

しかも、冬慈さんとこの猫って何だよっ。

むっとして未尋は目を尖らすが、冬慈と泰生は未尋の怒りをよそに楽しそうに猫談義を始めてしまう。彼らが言う猫とは自分たちの恋人である未尋と潤のことらしいが。

「やっぱり未尋が一番可愛い。未尋は怒るとこう――目がきゅっとつり上がってね、それはそれは可愛いんだよ」

次第にうちの子自慢へ移行すると、たまらなくなって暴れ出したくなった。いぜん、未尋を抱きしめたままの冬慈にも我慢出来なくなる。

「ふ、ふたりして何話してんだっ！　恥ずかしいからやめろおぉっ」

裏返った声で叫び、泰生を睨み付けながら冬慈の腕をバンバン叩く。一秒でも早くこの場から逃げ出したいと頑張るのに、必死になればなるほど冬慈の拘束は強くなるから頭にくる。

「あんたな、あんたなぁっ」

「こら、暴れちゃダメだろ。それに大声もダメだ。せっかくのパーティーなんだから、いい子にしてなさい。困るね、うちの子はおてんばで」

ようやく冬慈から解放されても、今度は冬慈の言葉が癪《しゃく》に障って未尋はついむきになった。

「おれは男だ、おてんばなんかじゃない！　だいたい冬慈さんは遅れて来たくせに、来たとたん場を引っかき回すのは失礼だろ。おれに謝れよ、橋本くんにも謝れ」

「はいはい、失礼いたしました。橋本くんも、悪かったね」

「だ…大丈夫です」

「あ！　怯えさせせんなよ、冬慈さん。橋本くんは繊細なんだからな」

これまでの一連の流れで冬慈の腹黒さを敏感に感じ取ったらしい潤が声をつまらせるのを見て、未尋はすぐさま抗議する。そんな未尋に、冬慈は小さくうなって腕を組んだ。

「な、何」

「いや――橋本くんと一緒だと、未尋がお兄さんに見えてくるな。何だか感無量だね。初めて会ったときなんか、みーはまだこんなだったのにね」

組んだ腕を解き、冬慈が未尋の前に手のひらを受け皿のように上にして見せる。

「ふざけんなっ。なんでおれが手のひらに乗るくらいの大きさになれるんだよ。去年の今頃だろ、初めて会ったの。だったらもう今の身長くらいあったよ。そもそも、手のひらぐらいって赤ちゃんだって乗らないだろ。あっ、それかまたおれのこと猫扱いしてんだな！」

「ふふ、みーは賢いな」

その手に乗るかと睨み付けると、冬慈はうっとりするほど甘く微笑んだ。

「でも違うんだよ、精神年齢のことを言ってるんだ」

「もっと失礼だろっ」

未尋はクワッと牙を剝《む》く。それに冬慈は楽しそうに声を上げて笑った。

気付けば、周囲から大注目を受けている。存在感のありすぎる冬慈たちがいるせいだろうが、今は騒いでしまった未尋も原因のひとりらしい。こんな時はいつも救ってくれるはずの浅香は、残念ながら少し離れた場所で誰かと歓談中。そんな中、唯一の常識人は潤だった。未尋へ気遣う眼差しを送ってくれるのだが——ただ、騒ぎの場から存在を消したいと言わんばかりに小さな体をもっと縮めて泰生の陰に立っていたことには、未尋も若干の申し訳なさを感じた。

「冬慈さん、笑いすぎ。人のことをばかにするのもいい加減にしろよ」

笑い続ける冬慈の袖を引っ張って、未尋は限りなく抑えた声で抗議する。

「ばかにしてなんかいないよ。未尋が可愛いから、愛してるよと代わりの言葉で伝えているだけだ。おれの愛情表現だよ。喜んで受け取って欲しいのに」

「ふざけんなっ」

未尋がまたヒートアップしかけたとき、

「ふたりとも、いい加減にしろ。特に冬慈。未尋を構うことで所有権を主張してるんだろうが、やりすぎは未尋がかわいそうだ。未尋も乗せられるな」

歓談を終えて戻ってきた浅香が我に返らせてくれた。どうして今のケンカで所有権の主張になるのか未尋にはわからなかったが、浅香の仲裁に冬慈は面白くなさそうに鼻を鳴らしていた。

いつの間にか、潤と泰生もいなくなっている。

「あいつらはおまえらがいちゃついている間に、さっさと食事に行ったぜ。おれらも行こう。腹が減りすぎてフラフラする」

「すみませんっ、今すぐ行きましょう！」

浅香に食事をさせなければいけないことを思い出して、未尋は率先して歩き出す。

「浅香、今の未尋ひどくないか？　おれとの扱いが違いすぎるだろ。どっちが恋人なんだか」

「だから冬慈がいじめるからだろ。おまえって何でそう大人げないんだ。その年になって恋人をいじめることが愛情表現って感覚はおかしいって」

「先生、もっと言ってやって下さい。冬慈さんは絶対間違ってますよねっ」

後ろを並んで歩いてくる冬慈と浅香へ、未尋は嬉々として振り返った。しかし浅香でも、冬慈に口では勝てないことがすぐに証明されてしまう。

「うーん。未尋はもちろんだけど、浅香も案外お子さまだね。今までノーマルな恋愛しかしてこなかったんだろ。いいかい、浅香。大人だからこそ恋人をいじめるのが愛情表現になることだってあるんだ。世の中にどうしてアブノーマルな世界が存在するのか、よく考えてごらんよ。恋人を肉体的にも精神的にも——」

「先生っ、耳を塞いで下さい。こんなの聞いたら耳が腐れますっ」

未尋は冬慈の腕を引っ張って浅香から距離を取る。浅香もこれには顔を赤くしていた。冬慈はというと、摑む未尋の手に幸いとばかりに体を寄せて囁いてくる。

「未尋は積極的だな。大人の世界に興味津々《しんしん》だって？　いいよ、今夜実地で教えてあげよう」

「ぎゃーっ。だから下ネタはやめろって！　その声も反則っ」

耳の奥がじんと痺れるような蠱惑的《こわくてき》な声に、未尋は半泣きで冬慈の腕を振り捨てた。料理が呈されるカウンターへと逃げ出す。

「ふふ、可愛いな。あれだけで下ネタって、未尋は純すぎるだろ」

「冬慈、その顔は怖いからやめろ」

おれは学習した。もう大人なふたりの会話におれは絶対口を挟まないんだ。

あえて後ろは振り返らず、未尋はカウンター前にある黒板のメニューを眺める。浅香はあれで健啖家《けんたんか》だから、冬慈も含めて三人だったら全種類いけるかもしれない。先ほど未尋は食事を済ませたが、美味しかったからもう少しつまんでみたかった。

「先生、どれにしますか。いっそのこと全種類もらいましょうか」

「そうだね。浅香にメニューを決めさせたらおれまでしばらく食事にありつけないだろうし、未尋が好きにチョイスすればいい」

冬慈も言うとおり、仕事以外のことになると優柔不断気味になる浅香に、未尋は独断でメニューを決めてスタッフに告げる。タパスと呼ばれる主に酒の肴がメインのスペインバル風の料理は、半分が作り置きで半分がその場で手早く調理されるものだ。

料理の受け取りは冬慈と浅香に任せて、未尋はドリンクを取りに行った。

「浅香先生はビールでよかったですよね。これ、スペインのビールらしいですよ。スタッフのおすすめをもらってきました。あと、冬慈さんはこっち。同じスペインビールだけど、名前が『マオウ』って言うんだって。冬慈さんにぴったりだろ」

「ふふふ。だったら、今すぐ魔王らしいことをしてあげないとね」

楽しそうに見つめられて首の後ろに鳥肌が立つが、未尋は強気な姿勢を崩さず見返してやった。その間も、せっせと浅香の世話を焼く。

「あ、先生。肉ばっかり食べちゃだめですって。野菜も取ってきたんですから、そっちも食べて下さい。これこれ、このトルティージャってすごく美味しいんですよ。ほくほくのポテトが入ったオムレツなんです」

「未尋、うるさい。食事ぐらい好きに食べさせろよ」

「だって先生、放っておいたら肉しか食べない――んんっ」

浅香の食事に気を配っていた未尋の口に大きなタコが飛び込んできた。驚いて顔を上げると、隣でフォークを持った冬慈が、にっこり笑う。

「美味しい?」

有無を言わさない口調で訊ねられ、トマトソースも美味しい煮込まれたタコを咀嚼《そしゃく》しながら、未尋はこくこくと何度も頷いた。

「だったら、もっと食べさせてあげよう。未尋は少し他の男に構いすぎだ。おれと一緒にいるのに、別の人間に心を囚われるのは許されないよ」

「ほ、他の男って浅香先生なのに」

ようやく大きなタコを飲み込んで、未尋は抗議する。

「仕事中は浅香に譲っても、今はプライベート。おれだけの時間のはずだ」

「冬慈さんっ、何言ってんだよっ」

隣にいる浅香を窺うと、皿を抱えた彼はこちらを気にせず勝手にやってくれとばかりにひらりと手を挙げた。変に度量が大きいというか、さばけているというか。いや、未尋の関心が冬慈に向いているうちに、肉ばかり平らげるつもりなのかもしれない。

「ほら、未尋。あーん」

パプリカを刺したフォークを口元へと寄せられ、未尋は恨めしげに冬慈と浅香を見た。冬慈からはまだ許してないよと笑っていない目で見つめられて、仕方なく口を開く。

「んぐ……もういいだろ。おれはさっきちゃんと食べたし、もうお腹いっぱい」

「じゃ、今度はおれに『あーん』だな」

「無理。もうそんなの絶対無理っ」

食べさせられるのはまだ我慢出来るが、自分が冬慈に食べさせるなど恥ずかしくて絶対出来ない。それでも冬慈のことだからむりやり強行させるのではと顔色を窺う未尋に、案の定恋人はきらりと不穏に目を光らせた。

「つれないな。まだまだ新婚のおれたちなのに、あーんごっこも出来ないなんて愛が足りないんじゃないか。おれは未尋の大切な旦那さまじゃないの？」

「旦那さまなんかじゃないっ」

冬慈が旦那だったら、自分は奥さまになるじゃないか。

未尋が即行で否定すると、冬慈はすっと目を細めた。

「旦那さまじゃなかったら、おれは未尋の何？」

何で怒っているのに笑うんだよ～っ。

毒を潜ませたような微笑みは鳥肌が立つほど禍々《まがまが》しいのに、同時にとてもなまめかしかった。

凄絶《せいぜつ》な色気に押しつぶされそうで、未尋は必死に背筋を伸ばし続ける。

「旦那とかじゃないけど、でも冬慈さんは、その……もうっ、言わなくてもわかるだろ？」

「わからないよ。言って」

「だからっ、冬慈さんはおれの、こ……こっ、恋……」

「恋？」

冬慈が意地悪く追求してくるのが悔しい。追いつめられて、未尋はきっと顔を上げる。

「恋人をいじめるピンクフェロモン大王だっ」

瞬間、それまで我関せずだった浅香が噴き出していた。笑いながら、ご愁傷さまとばかりに気の毒そうに未尋を見る。冬慈の微笑みは少し引きつっているように見えた。ピンク色のフェロモンは標準装備だったが、今はそこに闇の色素もマーブル状に混じり合っている気がする。

「どうしようか、今すぐ物陰に連れ込んで食べてしまいたいほど可愛い」

「うるさいうるさいっ。冬慈さんなんかもうセクハラ魔王って呼んでやる。プライベートに仕事を持ち込んだのは冬慈さんが先じゃないか。だいたいさ、弟子が先生の世話をして何が悪いのさ。先生は放っておくとご飯食べないし、ご飯を食べたらお肉しか食べない人なんだから、おれが世話をして当たり前なのっ」

「当たり前じゃない。みーはおれの奥さんでしょ。奥さんは旦那さまのお世話だけで十分だ。浅香はこう見えてタフだよ。マイペースだし、ひとりで好きにやらせとけばいいんだ」

「未尋も冬慈も、おれをだしにケンカするな」

未尋と冬慈の言い合いに、今度は浅香も口を突っ込んできた。

「未尋の気持ちは嬉しいが、自分のことは自分でやれる。そのぶん、冬慈の相手をしてやれ。じゃないとうるさくてたまらん。冬慈も、おまえの嫉妬は周りが迷惑する」

「……はい、すみません」

未尋は素直に頭を下げるが、冬慈はじろりと浅香を見ただけだ。そこに、様子を窺っていたらしい冬慈の知り合いが声をかけてきた。ふたりが話し出したのを機に、未尋は浅香に断ってドリンクのおかわりをもらうために場を離れる。

何だよ。冬慈さんのばか。冬慈さんだって、先生に何かあれば一番に手を差し伸べるくせして、おれにばっかりやいやい言うな。

背後で、今はアルカイックスマイルを浮かべながら愛想よく話をしている冬慈を見やった。

冬慈と浅香は学生時代からの親友で、ふたりで仕事の話をするときなどは自分が入る隙がないほど馬が合うし仲がいい。そんなふたりに、未尋だって本当は少し嫉妬するのだから。

それでなくても冬慈は自分以外には穏やかで優しい。嫉妬のことで言えば、未尋の方が冬慈の八方美人ぶりにいつも胸をチクチクさせられている。口には滅多に出さないけれど。

「おれの方がいっぱい我慢してるのに、どうしていつもケンカになるんだろ」

ため息とともに未尋が呟いたとき、会場の奥に人目を引くカップルを見つけた。先ほど少し話をした潤と泰生だ。見た目も性格もまったく正反対のふたりなのに、並んで立っている姿は不思議と違和感がない。どころか、あからさまにいちゃついていないのに、ふたりからはしっかりした愛情が伝わってくるようだ。間に割って入り込めない絶対的な繋がりさえ感じる。

男同士だが、あれこそ恋人として未尋の理想だった。いや、男同士だからかもしれない。自分たちと同じマイノリティな関係なのに、あの仲のよさは羨ましい。

お似合いだよな。ふたりで完結しているというか。もう長く付き合ってるのかな。

潤たちの仲のよさに感化されたのか、未尋は自分たちの関係がことさら気になって仕方がなかった。恋人になって半年も経つのに、冬慈とはいつもケンカばかりだ。

「恋人になったら、もっと甘い雰囲気になれると思ったのにな」

半年ほど前、恋人になった当初はそう信じて疑わなかった。冬慈がからかうことも未尋が素直になれないことも、恋人の時間をすごすうちに改善していくのだろう、と。

なのに、ふたを開けてみれば今でも付き合う前とほとんど変わらない。そんな変化の少なさがある意味快適だと感じていたけれど、今は少し違う気持ちになっている。付き合う前と変わらないなんて、恋人として少しも関係が進展していないのではと焦りさえ覚えていた。

冬慈と自分は恋人どころか、天敵同士にしか見えないのではないか。

「いや、犬猿の仲かもしれない」

しょんぼり呟いて目を上げた先に、ドリンクを配っているカウンターが見えた。背後の棚に並ぶたくさんの酒のボトルに、ふと思い立つ。

おれたちには甘い時間が足りない。足りなければ、強引にでも作ればいいんだ。

未尋はカウンターにつくと声高にオーダーした。

「すみません。強いお酒を下さいっ」

これまでの経験から、飲酒は未尋の気持ちを和らげてくれる。冬慈への構えみたいなものがなくなり、素直になれるのだ。酒が抜けると逆にそれが恥ずかしくなっていたたまれなくなるのだが、今日のところは目をつむろう。

お酒の力をちょっとだけ借りて、冬慈さんと次なる恋人のステップへ進むのだ！

「君、気合い入ってるなぁ。もしかして、もう少し酔ってるのかな」

ソフトモヒカンが似合うバーテンダーは、勢いよく駆け込んできた未尋に微苦笑する。

「酔ってなんかないです。サングリアを三杯しか飲んでないですから！」

「うちのサングリアってけっこうアルコールきついんだけどね。ちなみに、酔っている人間は皆酔ってないと主張するんだぜ。一応確認だけど、お酒は飲める年だよね？」

未尋が頷くと、バーテンダーはノリもよく手早くドリンクを作っていく。

「じゃ、一応ここはスペイン料理のレストランだから、ドリンクもぜひスペインで飲まれるものを楽しんでみて。まずは軽くジャブで『クララ』から。これはビールとレモネードのハーフアンドハーフだから飲みやすいよ。フランス語では『パナシェ』。女性にも人気のドリンクだ」

差し出された黄金色のグラスに口を付ける。苦いビールは少し苦手だが、甘いレモネードが入っているためかとても飲みやすかった。

「美味しい……」

へにゃりと顔を緩めると、バーテンダーは驚くように目を見張る。

「可愛いね、君。お酒に弱い訳じゃなさそうだ。じゃ、次は少し強いのをいこうか――」

どうやら未尋の酒量を気遣い、差し出すグラスごとにアルコール度数を上げているようだ。

赤ワインのソーダ割りやラム酒とコーラのカクテル、辛口のシェリー酒など、どれも美味しかった。『ティント・デ・ベラーノ』とか『クバータ』だとか、スペイン語のカクテル名をその都度教えてもらったが、酔いが回ってきた頭ではとても覚えきれない。

「今度はスペインの隣、ポルトガルのポートワインをどうぞ」

その時、これまでと違ってバーテンダーが懐《ふところ》から取り出したコースターをグラスの底に敷いた。グラスの足の下に透けて見えるコースターには何か数字が書いてあった。

携帯電話か何かの番号――？

訳がわからず顔を上げると、バーテンダーは意味深に笑う。

「男がポートワインを勧めるときは、気になる相手を誘うときなんだよ。今夜、どうってね」

「誘う……？」

「そう、飲んでくれるかな」

ぼんやりバーテンダーの顔を見つめて、ポートワインが入ったグラスにも視線を落とした。

勧められるのなら、とりあえず飲んでみようか。コースターに書いてある数字も気になるし。

でも、おれって何でここで酒ばかり飲んでいるんだっけ……？

考えながらグラスを取り上げようとしたとき、横から伸びてきた腕に止められる。グラスの上に被さる大きな手に末尋がはてと首を傾げたとき、

「末尋、おいたがすぎるよ」

耳のすぐ後ろで低い声が囁いた。

「冬慈さん？」

振り返ると、凄艶な微笑みを浮かべた冬慈がいた。甘い色香を燻《くゆ》らせた漆黒の双眸には底深い暗闇へと引きずり込むような物騒な気配も潜ませており、気圧されるような凄みがあった。

笑っているのに、まったく笑顔に見えない。

威圧感さえ感じる冬慈に、末尋はむぅっと鼻の頭にしわを寄せる。

「冬慈さん、怖い」

抗議するつもりで、振り返った先にある冬慈の胸に額を押し付けた。そんな未尋の頭に冬慈の手が回り、抱くように力が込められる。

「おれが怖いと思うようなことを、未尋はしたの？」

「してないよ」

それが嬉しくて、未尋はそのまま冬慈に抱きついた。目を閉じると、もっと冬慈を間近に感じられて楽しくなる。猫が体をすりつけるように、未尋も冬慈に懐いた。

「でも、おれの前以外では酒を飲まないって約束は破ったね。しかも、可愛い顔を他の男にも見せたんだ。そんなにおれにいじめられたかった？　だったら期待に添わないといけないね」

「いじめられる期待なんかしない。おれは優しくされたいの。そうだよ、忘れてた。おれ、冬慈さんに言いたいことがあったんだ。おれは、冬慈さんともっと恋人らしい関係になることを要求する！　橋本くんたちみたいにラブラブな関係になりたい」

冬慈はしばらく無言だったが、不意にたえきれないような笑い声をもらす。

「恋人らしい関係を要求する、ね。いいよ、考慮しよう。でも彼らとは恋人のタイプが違うと思うよ、おれと未尋は。おれたちも端から見たらラブラブでしょ。それとも未尋にはおれの愛が伝わっていない？」

「だって、いつもケンカばかりじゃないか……」

しょんぼりした声になった未尋に、大きな手は優しく頭を撫でてきた。

「ばかだな、未尋。あれはケンカじゃないだろ。恋愛を深めるコミュニケーションのひとつだ。が、みーにはまだその感覚はわからないか。まぁ、子猫ちゃんだから仕方ないね」

「もうっ、すぐそれだ」

未尋が怒って体を引き離すと、冬慈は楽しそうに笑う。先ほどの凍り付くような機嫌の悪さもすっかりなくなっていた。ひとしきり笑って、冬慈はようやく背筋を伸ばす。

「さて、君——」

声をかけたのは、ソフトモヒカン頭のバーテンダーだ。引きつった顔をした彼は、冬慈の呼びかけにまるで降参というように両手を掲げてみせる。いや、神妙なバーテンダーの顔つきは無実だと伝えているようにも見えた。どちらにしろ、未尋にはまったく訳がわからなかったが。

「おれの子猫と遊んでくれてありがとう」

そんなバーテンダーに冬慈はやんわり片笑み、首を傾げる未尋を促し歩き出した。そういえばと思い出し未尋が振り返ると、カウンターにあったはずのポートワインのグラスはいつの間にかなくなっている。その下に敷いてあった数字が記入されたコースターも。

しかし訊ねることもままならず、未尋は冬慈に連れられてカウンターを離れた。向かった先は、ひときわ賑わっている本日の主役のもと。いつの間にかパーティーは終わりを迎えており、散会の挨拶を終えたばかりの八束のところだ。

「八束さんっ」

未尋のファン心理がすぐさま反応する。しっぽがあれば左右に大きく振れていただろう。そんな未尋に気付いてくれたらしい八束も、上機嫌に顔をほころばせた。

「おっ、ジュンペ二号くん。忘れていたよ、君を置いて帰るところだった。さぁ、一緒におうちへ帰ろう。可愛いジュンペが待ってるよ」

大歓迎を受けて嬉しい反面、少々おかしなセリフを吐きながら両手を広げて近付いてくる八束に未尋が硬直したとき、八束の腕を捕まえて代わりに抱きしめる姿があった。

「やぁ、八束。お疲れさまだったね」

旧友に久しぶりに会ったとばかりに熱烈に挨拶の抱擁を交わしているのは冬慈だ。がしりと音がするような体格がいい同士の抱擁に、周囲からはなぜか黄色い声が上がっている。

「ぼくのジュンペはこんなにでかいはずが――あれ？　何だ、冬慈じゃないか」

もしかして、八束さんって酔っ払ってる？

不思議そうに冬慈を見つめる八束に、未尋はようやくそれに気付いた。先ほど挨拶したときにおかしかったのも、何かの喩《たと》えや聞き間違えではなかったらしい。

少しだけ衝撃を受けて、未尋はぼんやり遠くを見る。

ひととき八束と話をした冬慈は、衝撃が抜けずにフラフラする未尋を連れて浅香と合流し、パーティー会場を後にした。が、浅香をタクシーに乗せたあと、冬慈と未尋を乗せたハイヤーが向かったのはなぜか近くのホテルだった。

「もしかして、まだ何か仕事が残ってた？」

ラグジュアリーなレセプションフロアを歩きながら未尋が見上げるが、冬慈からの答えが返ってくる前に奥からホテルマネージャーが飛んできた。

「お帰りなさいませ、八重樫さま。このまま、お部屋へご案内してもよろしいでしょうか？」

「そうだね、頼むよ」

マネージャーからカードキーを受け取ったスタッフが、ふたりを先導して歩き出す。恭《うやうや》しく頭を下げて見送るマネージャーやホテルスタッフたちに、未尋は呆気にとられた。

冬慈さんって、どれだけ特別なお客さまなんだろう。

「ここに泊まるの？」

エレベーターに乗り、未尋は囁くように訊ねてみた。けれど、すぐに場所を失敗したのに気付く。スタッフも一緒に乗り込んだエレベーターでは、会話は丸聞こえだろう。

「やっぱりいい――」

焦ってストップをかけるが、それより早く冬慈が声を上げた。

「そう、お泊まりするよ。せっかく、未尋もおれも明日は休みなんだ。ここ最近忙しかっただろう？　だから、今夜はふたりでちょっと贅沢をしたいと思ってね」

「臆面もなく言うなっ。恥ずかしくないのかよ」

耳まで赤くなって、未尋は八つ当たり気味に小声で怒鳴る。そんなことをすれば、冬慈に嬉々として倍返しされることもわかっているのに我慢出来なかった。

案の定、取り澄ました顔で冬慈が未尋を覗き込んでくる。

「恥ずかしいなんて、ラブラブな関係になりたいと言ったのは未尋の方でしょ。恋人にあんな可愛くねだられたら、おれもやぶさかではないからね。今夜は期待していいよ」

「もうしゃべるなって！」

部屋へつくまでの時間がとても長く感じた。その間、未尋は恨めしく冬慈を睨み続ける。

「わ……ぁ……」

案内された部屋は、ベッドルームの他にリビングやクローゼットスペースなど部屋が幾つもある特別な客室だった。淡い光に照らされた室内はシックでクフシカルな家具が配されており、高級感あふれる空間となっている。

しかし広くてラグジュアリーな空間より、この部屋の一番の魅力は大きな窓から望める見事な夜景だろう。高層ビルの最上階に位置する冬慈の部屋からの夜景もきれいで見飽きることはないが、場所が違うとまた新しい感動を生むようだ。

「冬慈さんっ、スカイツリーがあんなに――…」

興奮のままに振り返った未尋だが、冬慈が座るソファの背後――リビングの奥に見えたキングサイズのベッドに声が途切れてしまう。慌ててまた窓へと視線を戻すが、未尋の視界にはもう見事な夜景は入ってこなかった。

「――未尋、こっちにおいで。コーヒーを入れてもらったから」

ホテルスタッフが場を辞して、ゴージャスな部屋にふたりきり。望む夜景も素晴らしいけれど、未尋としては何とも居心地が悪い。

口に出すことは絶対出来ないが、実は未尋はセックス前の微妙な雰囲気が苦手だった。いつかは慣れるだろうと思っていたが、半年たった今でもダメだ。毎回、初めての夜に恐れをなす女の子みたいな気持ちになる。

いや、女の子になったことはないけどさ。

「未尋？」

冬慈に呼ばれても近付くことさえ変に意識してしまう。特に今日はいつもと違うホテルの部屋というせいか、ドキドキ感も半端ない。

「えぇっと。そうだ、シャワー。シャワーを浴びてくる」

呼び止められたが、未尋はそのままバスルームへ飛び込んだ。追ってくる気配がないことにホッとして、シャツのボタンに手をかける。

どうして冬慈さんはいつもあんな余裕でいられるんだろう。

もともとの性格もあるのだろうが、ひとえに経験を積んでいるせいに違いない。ただ、恋人の過去を匂わせるようなものはやはり面白くなかった。恥ずかしがるのが経験値の違いというのなら、自分はいつまでも慣れなくていい。反抗心からそんなことまで考えてしまう。

恋人が大人すぎるのも、問題なのかもしれない。

あぁ、そうか。

そこまで考えて、未尋は先ほどのパーティーで潤たちカップルが羨ましいと思った別の理由にも思いついた。潤たちも年齢は離れているらしいのに、彼らは同じ目線に立っている感じだったからだ。対等な恋人関係に見えた。

ため息をつきかけて、けれどすぐに未尋は思い直す。

「今はまだ無理でもいつかは――」

子猫扱い出来ないほど立派な大人になって、冬慈さんにひと泡吹かせてやる！

頭から熱いシャワーを浴びながら、未尋はその時を思ってぐっとこぶしを握る。

いや、『いつか』などともどかしいことは言わず、酔った勢いでこれから冬慈に逆襲してもいいかもしれない。少々酔いが覚めてきた感はあるが、まだまだ自分はやれる。このまま甘い時間に突入だと意気込んだとき、すぅっと背中に涼しい風が当たった気がして振り返った。

「待たせたね、未尋」

リビングにいるはずの冬慈がいつの間にか真後ろにいて、未尋はぎょっと大声を出す。

「っ、な、なっ、何でここにいるんだよ！」

バスルームには、大きなバスタブスペースの横にシャワールームが設けられており、未尋はそこでシャワーを浴びていた。が、そのシャワールームのガラス扉の前に、冬慈がにっこり笑って立っていたのだ。もちろん全裸で、当然のように中へと入ってくる。

「思わせぶりにシャワーを浴びると宣言してバスルームへ消えるなんて、追いかけてきてねと言われているようなものでしょ。みーは恥ずかしがり屋だけど、案外大胆でもあるよね」

「そんなわけないだろっ」

「一緒に入りたいと、面と向かって言えないのも未尋らしいな。そんな可愛い子猫ちゃんは、おれが泡まみれにしてもみくちゃにしてあげよう」

「だから、聞けよっ」

未尋は声を尖らせるが、冬慈はにやにやと笑みを深めるばかり。

「おれは子猫じゃない！　って、そんな…手をわきわきさせながら近寄るなーっ」

肌がざわつくような手の動きをさせながら近付いてくる冬慈に逃げようとするが、そう広くはないシャワールームに逃げ場はない。あっという間に未尋は捕まってしまった。

「こら、暴れないで。猫は水が嫌いな子が多いから困るんだよね。さ、いい子にして。隅々まで洗ってあげるから」

シャワーを止めながら冬慈は言うと、未尋を片手で抱きとめたまま器用にボディソープを手に取った。その手で、未尋の体を撫で始める。

「…っ、ちょっと、嫌だって。やめろ、ふざけっ…ん…ぁ、ぁっ」

ぬるぬるとした手が肌を這い回るのはくすぐったくて気持ちが悪い。気持ちが悪いからゾクゾクするのだ。決して感じているわけではない。そう思うのに、吐息が甘くなるのが悔しい。

「っ、ひ……」

みぞおちからあばら骨を辿るように滑っていく指先は、何の引っかかりもなく胸の飾りに行きついた。かりっと指先で引っかかれて、いつもと違う刺激に腰が揺れる。

「ま、待って、冬慈さん。ん、っん、ゃ、待って待って！」

「ん？　何で？」

「ここは嫌…っ……、ちゃんとベッドで、ベッドでって…ぇ…っ」

セックス前の雰囲気に未だに慣れないことに加えて、未尋はベッド以外でセックスするのも苦手だ。日常的に生活をする場所でいやらしい行為をするなど、淫らすぎて恥ずかしくなる。

「ふふふ。ベッドの上じゃないと抱かれたくないって、淑女並みの貞潔ぶりだ」

未尋は必死でお願いをするのに、冬慈の手は淫猥に動くのをやめない。

「でも、ダメ。今日おれはけっこう機嫌が悪いから未尋の言うことは聞いてあげないんだよ」

ほら、だから冬慈さんは意地が悪いって言うんだ。

未尋は涙目で冬慈を睨み付ける。そんな未尋の鼻の頭に、冬慈は小さなキスで触れた。

「さっき…は、機嫌よさげだったの…にっ、ばかっ…んぁあっ、と…冬慈さんの…ばか——っ」

「みーは今日もよく鳴くな」

朗らかに笑いながら軽口を叩く冬慈はいつも通りなのに、指先はいつもより速いペースで未尋を追い上げてくる。

大きな体で抱きしめられると、やせっぽちの未尋などすっぽり覆われてしまう。後ろから覆い被さるような冬慈は、未尋のうなじや襟元に先ほどから噛みついたり吸いついたりと小さないたずらを繰り返していた。

ホテルという非日常的な空間だからだろうか。それとも、ベッド以外の場所だからだろうか。冬慈のまさぐる手の動きも、唇や舌でしかけられる小さないたずらも、ダイレクトな快感に変換されて未尋を襲う。とろけるような愉悦が足元から這い上がってくるようだ。

「ひ――っ……ぅ」

だから、ぬめる指が股間に落ちてきたとき、全身の肌がざっとあわ立った。遅れて、震えるような吐息が鼻から抜けていく。

「困った猫だな、体を洗うだけで欲情するとは」

すっかり頭をもたげている屹立をソープまみれにしていく冬慈の動作は確かに丁寧に洗うそれだが、指に潜む意図はセクシャルなものだった。

「っ……ぅ……ん、ぁあっ……ぁっ」

恥ずかしくて悔しくて気持ちよすぎて、涙がにじんだ目で目の前の壁を睨みつける。体を拘束する冬慈の腕に爪を立てると、背後で笑う声がした。

「はいはい。ここだけじゃ足りないって？」

「違ぁ……っ、ゃ、ゃっ」

前への愛撫はそこそこに、冬慈の指は未尋の秘所を探ってきた。

蕾《つぼみ》の周りを指でクルクル円を描くようないかがわしいマッサージに体が浮き上がりそうになる。さらには会陰《えいん》の方へ妖しいタッチで移動したり臀部《でんぶ》を揉み込まれたりされて、未尋は子供がぐずるような甘い声をもらし続けた。

「その声、可愛いな……」

囁く冬慈の声もたまらなく甘い。

寄せた唇で未尋の耳たぶをあめ玉みたいに舐めしゃぶられ、自分がむしゃむしゃと冬慈に食べられていくような倒錯的な感覚に襲われた。

官能を高められ、気持ちが昂らされて、おかしくなりそうだ。

「やっ、は……ん、んんっ、ぅ……っ」

長い指が後孔へ侵入してくると、ざぁっとつま先まで肌があわ立った。

体の中で冬慈の指はゆっくり動く。男らしく節だった指が自分の内側で蠢《うごめ》くのは今でも少し怖い。怖いけれど、背筋が震えるほどゾクゾクした。

「ぃ――や、ん…っぁ、ぅんっ」

指はその長さを知らしめすように奥まで入り、また抜けていく。未尋の体が慣れると二本目の指が入ってきて、今度は押し開くような動きも加わった。快感を散らさないように屹立への愛撫も同時に行われるせいで、秘所が蕩けるのも早かった。

「あ…ぇ、んんっ」

しかし――未尋の快感が高まるのと同時に、屹立への愛撫はやんでしまう。

もの足りなさは冬慈のキスに宥められた。首筋を小さく食《は》みながら乳首をこねられ、肩先に噛みつかれながら秘所を甘く嬲られる。臀部を乱暴に揉み込まれると、膝ががくがく痙攣《けいれん》するほど気持ちよかった。

未尋の唇は意味をなさない言葉を次々に紡いでいく。

「気持ちよさそうな声だ。おれまで昂ってくる」

セリフとともに、腰に熱い塊が押し付けられた。

「どうしようか、このまま入れてしまっていい？」

「ぃや…あ、ぁっ、それ、まだ…や……んっ」

そのまま体を揺すられると、冬慈の言葉通りに熱い兇器が何かの弾みで秘所を貫きはしないかとひどく興奮する。秘所にはまだ指が入っているのにだ。その指の動きは激しさを増し、未尋を甘く苛《さいな》んでいた。襲ってくる快感の大きさに未尋はすすり泣き、激しく身悶えた。

「だめ…だめっ、ぁ、あ、ぁっ」

屹立にはもう触れられていないのに、すぐにでも達してしまいそうなくらい昂っている。甲高い声がもれ、体が解放の予感に震える。

「っ…ひ――――」

なのに、すんでのところで冬慈の指が秘所から引き抜かれた。同時に、頭上からシャワーが降ってくる。快感で敏感になっている肌に降ってくるシャワーの刺激は痛いくらいだ。

「っ、ど…して、冬…慈さんっ」

解放の間際に愉悦の淵から強引に引き戻されたせいか視界がうまくきかず、耳鳴りもやまない。なのに冬慈は、打ちのめされたような未尋こそが可愛いと抱きしめてくる。

「ん？　ごめんね、今日はとことん未尋をいじめたい気分だから」

まといつくソープを丁寧に洗い落としてから、冬慈は未尋の体を抱き上げてバスルームを後にした。未尋をベッドに下ろすと、途中でひっかけてきたバスタオルで体を丁寧に拭き上げてくれる。その間、未尋は身動きもままならなかった。

「まったく、未尋には困ったものだよね。こんなに快感に弱いくせに、おれのいないところでずいぶん可愛い顔をして笑って。襲われでもしたらどうするつもりだった？」

ひとりごちる冬慈の声に、未尋は何とか瞼《まぶた》を押し上げる。

「酔っ払って、ご機嫌に蕩けた笑顔を誰彼構わず振りまいていたよね。あんな可愛い未尋はおれだけのものなのに、はらわたが煮えくりかえるかと思ったよ。未尋は気付いていなかったようだけど、あの時後ろには、可愛い子猫ちゃんは攫ってしまおうと手ぐすね引いている輩が大勢迫っていたんだよ。感謝しなさい」

「え……」

「しかも、口説かれているのに気付きもしないでバーテンダーの誘いに乗ろうとするおばかさんだ。だから嫌なんだよ、世慣れていないみーをひとりで外へ出すのは。本当、首輪を付けて部屋に閉じ込めてしまいたくなる」

冗談とも本気ともつかない口調で囁かれて、指が未尋の首辺りをさまよう。表情が見えない黒瞳に甘く肌を疼かせながら、未尋は微かに首を横に振った。

「嫌？　それじゃ、約束して。おれ以外の男に可愛い顔で笑わないって。しゃべるのも嫌だな」

「出来るわけ…ないだろっ」

掠れていたが、ようやく声が出る。

「困ったな。それじゃ、みーはお家飼いするしかないね」

それがいつもの冬慈のからかいなのか。そうでないのか。冬慈が表情を隠しているからわからなかった。薄い微笑みには背筋がざわめくほどの凄みがあって、心臓が痛くなる。けれど、未尋はそれに逆らうように口を開いた。

「冬慈さんこそ、いつも八方美人じゃないか。誰にでもいい顔を見せて」

「おれは未尋と違ってコントロールが出来るからね。勘違いして近付いてくる人間がいても、きちんとシャットアウト出来る。未尋は出来ないだろ？」

「言ってる意味がわかんないよっ。自分が八方美人なのを正当化するつもりかよ」

「はいはい。未尋が嫌だって言うなら、おれはもう笑わない。恋人が自分以外に笑わないでと泣いて頼むんだと言ったら、きっと周りの人たちもわかってくれると思うからね」

それは、何となく嫌だ。

難しく顔をしかめていると、冬慈はようやくくすりと笑い声をもらした。

「それだけ未尋を愛しているってことなんだけどね。未尋にも同じくらい愛して欲しいが、まだ今ひとつおれの本気度が伝わっていないようだ」

「冬慈…さん？」

「さて、そろそろおれの我慢の限界だな。未尋の体におれの本気をわからせるのも楽しいかな。未尋にはたくさん鳴いてもらおう。大人の世界を存分に味わわせてあげないとね」

いつの間に体勢を整えていたのか、未尋の膝を開いた冬慈が腰を進めてくる。

「え？　え、え…っ――…」

秘所にぴたりと押し当てられた熱塊に、びくりとした。柔らかくほどけた蕾から押し入ってくる冬慈の熱に思わず息をつめた。

「どうした？　息を吐いて、力を抜いてごらん。教えただろう？」

諭《さと》すように言われる。こんな時ばかり優しい声に、しかし体は無意識に弛緩《しかん》していく。身の内に沈んでくる甘い兇器にそれでも体は小さく震えて、最後にはたまらず顎をのけぞらせた。

「んんんっ…ぁ、っ………は、ふ」

悔しい。悔しい、悔しいっ。いつだっておれは冬慈さんに従ってしまうんだ。冬慈さんの意のままになる。おれだけがっ。

自分の方が愛しているみたいなことを先ほど冬慈は口にしていたが、未尋には逆のような気がする。いや、絶対逆だ。翻弄《ほんろう》され続けているのは自分の方ではないか。

「……ん。未尋はすごく気持ちいいね。そろそろ動くよ」

「い…ぃやっ、待っ…て――ん、ぁんっ」

快感に弱い自らの体も憎らしい。

冬慈がゆっくり動き出すと、ぞわぞわと肌を滑るように快感が戻ってくる。先ほど無理やり引き戻された愉悦の淵がまた見えてくるようだ。

「ぁ、ぁ、っぁ……ん…ぁあっ」

押し開いて突き上げられ、弱い部分を擦られるとたまらず悲鳴を上げる。

「ん、っ…ん、はっ」

　幾度かの挿出で内部が柔らかく蕩けたのを確認したように、きつい突き上げが始まった。欲望を引き抜いてしまうほど腰を引くと、勢いよく押し入れる。未尋の快感を急き立てるように、律動は力強くて激しかった。

大きく開かされた膝頭から小さな電流が腿へとこぼれ落ちてくるのも、未尋にはたまらなかった。膝頭を掴む冬慈の手のせいかもしれない。腿から腰へと流れてくる痺れに似た電流に、未尋は何度も腿を震わせた。

おぞけるような欲情が体中に浸潤《しんじゅん》してくらくら眩暈《めまい》がする。快感に自分が溶けてなくなっていくような感覚が心許なく、腕で体で冬慈に必死にしがみついて自分を保とうとした。

しかし、正気を保とうとする未尋を冬慈は許さない。

「っ…は、そんなに締めつけないで。これでも抱えてなさい」

強引に体勢を横向きに変えられたかと思うと、枕を抱くように渡される。片足だけを抱え上げられて、そのままゆっくり貫かれた。

「っひ……く…っん、っぅ――…」

同時に、冬慈の手が未尋の欲望に絡みつく。いかせてくれるのかと思ったのに、それが熱が弾けるのをストップさせるようにきつく拘束してきてぎょっとした。

呆然と見上げると、自らも額にうっすら汗をかいた冬慈が淫猥に微笑みかけてくる。

「未尋が誰のものなのか、体にも心にもしっかり刻み込んでおかないとね。甘やかしてはあげないよ。今日はいじめたい気分だって言っただろ?」

「冬慈…さんっ…の、ばか。鬼、魔王っ、悪…ま…ゃっ、ゃあ――…っ」

「ふふ、悪態をつく未尋は本当に可愛い」

強く穿《うが》たれて、未尋はすぐに言葉を途切らせてしまった。脳天まで鋭い痺れが何度も駆け上

がっていく。猫のような自らの鳴き声が恥ずかしいほど甘ったるくていやらしい。

先ほど渡された枕を必死で抱えて、涙を染みこませた。

「酔っ払った未尋も可愛いけれど、実はツンツンした未尋も同じくらいおれは好きなんだよね」

「そんなの変んんっ、ぅあんっ」

「ほら、その強気なところをぽっきりへし折りたくなるんだ」

「やぅっ…や、冬…慈さんっ」

滾《たぎ》った欲望を引きずり出されて背筋がしなる。うねる腰を押さえつけて貪られたかと思うと、足を抱え直してさらに深い結合へ。グラインドをきかせて、冬慈は奥へ奥へと甘い兇器を押し入れてきた。いつもとは違う角度で当たるせいか、蕩けた肉壁が悩ましげにわななく。

「っ……はっ。こらこら、奥をそんなに締め付けたらおれがいってしまうだろ。緩めなさい」

知らない。わからない。自分でやってる訳じゃない。

冬慈さんがそんなに奥まで入ってくるのが悪いんじゃないかっ。

未尋は涙のにじむ目で冬慈を睨み付ける。いや、睨み付けているつもりだった。なのに、冬慈はうっとり陶酔したように微笑んだ。

「あぁ、そんな顔をされるともっといじめたくなるから自重した方がいい。箍《たが》が外れる」

「や、やっ、奥……っ、だめっ…やぁあっ」

最奥をガツガツ体ごと突き上げられ、絶え間なく押し寄せてくる大波のような快感にもだえ苦しむ。多すぎる快感を何とか逃そうと頭を振り、心許ない柔らかさの枕に何度も爪を立てた。

「未尋は、もう少し自覚を持ちなさい。どれだけ厄介な男を本気にさせたのかを。次――他に目を向けたりすると、おれは何をするかわからないからね？」

諭されている内容はまったく耳に入ってこなかった。こんな切羽つまったときに話すのだから、冬慈も承知の上なのかもしれない。

「いやっ……ゃ、ん――んっ、ばか、ばっ……かぁあっ」

「まったく――いい声だ。おれの方が負けそうになるよ」

抱えられた足のふくらはぎに甘く噛みつかれて、未尋は身震いした。

たまらないほど気持ちよかった。なのに気持ちがよくても吐き出す出口を塞がれており、圧倒するような快感が体中で激しく逆巻いている。抱えられる以上の愉悦に苛まれて甘く苦しんでいるのに、冬慈は容赦なく未尋の体にさらに新しい刺激を植え付けていくのだ。気を保てる限界を超えている気がして、みっともなく涙がぼろぼろとこぼれ落ちた。

「ぁ、ぁっ…んんっ、んぁっ」

「未尋、未尋？」

「ん、っん」

冬慈に呼ばれて、未尋は必死で瞼を押し上げた。間近に迫る――凄絶な色気を放つ黒瞳に、未尋は揺さぶられてしゃくり上げながら見とれる。

「好きって言ってごらん？　おれが好きだって」

「ん、ん。すき、好き…ぃ……、と…じ…っん、冬慈さんが…好き」

「おれは未尋の何？　言ってくれたらもっと気持ちいいことをしてあげる。ほら……」

「う、あっ、冬慈さ…んはっ、こ…恋人」

促されて口にした言葉に、冬慈の瞳がようやく柔らかく蕩けるのを見た。

「酔っ払ったときとこの時だけは、みーは本当に素直になる。いいよ、始めはそれで許してあげよう。ぐずぐずに蕩けきった今の未尋を見られるのはおれだけだからね」

冬慈の律動に重みが加わった。熱い猛りはさらに質量を増して未尋を苛んでくる。

「いや、ゃ、も…やぁっ……ん、んっ」

渦を巻いては逆巻き、沸き返る――体中にあふれる愉悦が律動に共鳴するようだった。欲望を突き入れられるごとに深みに落ちていく気がする。先ほど覗き込んだ快楽の深淵だ。

「っ…、未尋――」

「く、っん――…」

冬慈と同時に精を放ったのを、落とされた深淵の底で感じ取った。

それが、たまらなく幸せだった。


朝方、未尋はぽっかり目を覚ました。昨夜はあれからもがつがつ何度も貪られたのに、その前に久しぶりの休日でのんびり休んだせいか、眠りは足りていたらしい。激しいセックスのせいで体はひどく疲労しているが、気分的にはすっきりしていた。

でも、もう少し寝ていたいかも。

自分を抱きしめる冬慈の腕が心地よくて、唇が緩んでしまう。

冬慈はまだ眠っており、穏やかな寝顔を見せていた。普段、意地悪な顔や取り繕《つくろ》った顔ばかり見ているせいか、まっさらな素の表情はとても貴重だ。

ナチュラルなこんな冬慈さんの顔は、おれだけしか見られないよね。

くふふと含み笑いをしたとき、そういえば昨夜同じようなことを冬慈からも言われたのを思い出した。セックスの最中、未尋には少々不本意なものではあったが。

それでも。

「恋人だけが知る顔って、ちょっと幸せかも……」

もしかしたら、こういう小さな幸せを積み重ねて関係は深まっていくのかもしれない。

昨夜、自分と冬慈の恋人関係は少しも進展していないのではと悩んだけれど、焦る必要はないのかもしれないと今は穏やかな気持ちになっていた。恋人としての付き合い方は人それぞれだと冬慈が言っていたことが何となくわかった感じがする。本当に何となくだけど。

でも、やっぱりちょっとだけ甘い時間は増やしたいなぁ。こんな安らかな時間もいいけどさ。

いつもはフェロモンたっぷりの冬慈の唇も今は無防備にゆるく開いたままで、何だか可愛くさえ見えた。その唇に未尋はそっと指を滑らせる。一往復しても冬慈が身じろぎもしなかったことに、何だかいたずらが成功したような嬉しい気分になった。

笑いをこらえるように冬慈の胸に額を押し付けたとき。

「――何だ、キスはしてくれないんだ」

ひどく残念そうな声が降ってきて、未尋はぎゃっと叫びながら飛び起きる。ベッドに裸のましどけなく横たわる冬慈は、目を覚ましているどころかにやにやと笑みさえ浮かべていた。

「な、なっ……何で起きてっ!?」

「そりゃ起きるでしょ。あんな可愛いことをされたら。次はキスされるんじゃないかなぁって」

寝起きなのに、絶好調の意地悪具合だ。

「それとも、あれはキスがしたいって未尋のおねだり？　それでも可愛いかな」

「うわっ、今のなし！　なしなしなしだからっ！」

必死で首を振って手を振るのに、野生動物がのっそりと体を起こすように冬慈が不穏に近付いてくる。野生動物の中でもウエイトのある獰猛《どうもう》な肉食獣だ。

「遠慮しなくてもいい。昨夜のあれでは、未尋はもの足りなかったんだろ？　欲求不満な思いをさせるなど、恋人失格だな」

冬慈が赤い舌をいやらしく唇へ滑らせる。

まさに寝た子を起こしてしまったようだ。

「ひっ。そのやらしい顔、朝から反則っ――……んんっ」

こんなの、甘い時間を通り越してお食事タイムに突入じゃないかっ。

ブーイングの声は冬慈の唇に食べられてしまったために、未尋は代わりに心の中で叫んだ。

Fin.

あとがき

こんにちは。初めまして。青野ちなつです。

この度は『魔王のツンデレ花嫁～恋愛革命EX.～』を手に取っていただき、ありがとうございます。

恋愛革命シリーズのスピンオフになりますが、単品でもお楽しみいただけるかと思います。また、恋愛革命シリーズの潤と泰生もほんの少し登場しますので、シリーズを読んだことがない方もこれまでずっと応援して下さっている方も、ぜひよろしくお願いします！

主人公は、花屋の美少年スタッフです。これまで恋愛革命シリーズの本編でちょこちょこと顔を出していましたが、今回満を持しての登場。未尋のキャラは割と早くに出来上がっていたので、本編でも未尋らしさを大切に書いていました。シリーズ本編をお持ちの方は読み返してみると楽しいかもしれません。

未尋は弟気質ですよね。攻の冬慈にはツンデレ傾向ですが基本は素直な頑張り屋なので、職場では可愛がられるタイプです。でも、未尋本人は気付かない。誕生日のエピソードも、（誕生日だと）皆に話していたらスタッフ全員に祝われたのではないかと思います。そして、最後に誕生日を知らされた冬慈に盛大にいじめられる（笑）。

今回のお話は、そういう「もしも」をたくさん想像出来て楽しかったです。

もともと、お話は雑誌掲載作でした。事前に「扉ページはカラーですよ」とは伺っていたのですが、見本誌が到着したらまさかの巻頭！　これまで、マンガ雑誌や小説誌を読んで育ってきた身としては、雑誌を最初に開いたページに自分の作品が掲載されていることに不思議な気分になりました。もちろんとても嬉しかったです。

またプライベートではあるのですが、今作を執筆中に可愛がっていた小鳥を亡くしたということでも、とても印象に残る作品です。ショックでわんわん泣いているときに、担当女史から遅れ気味だった進行状況を伺う電話がかかってきて、「そうだ。仕事をしなきゃ」と奮い立った思い出があります。未だに小鳥の名前を呼ぶことはつらくて出来ませんが、天国で楽しく飛び回ってくれているかなと思えるようにはなりました。今回作品が本になって、ひと区切りつく気がします。

恋愛革命シリーズのピンオフとして、イラストは香坂あきほ先生にお世話になりました。すてきなイラストをいつもありがとうございます。まだ本作のイラストは拝見していませんが、雑誌掲載時のイラストは本当に痺れました！　とくに表紙カラーはピンク色のフェロモンを標準装備（笑）の冬慈がかっこよくて、ツン全開の未尋がとても可愛かったです。本になっても口絵として挿入されるはずなので、ぜひ皆さまチェックしてみて下さい！

毎回ご迷惑をおかけしている担当女史にも心から感謝を申し上げます。今回、本になるに当たって雑誌掲載時から大幅に加筆修正したことに何かチェックが入るかとびくびくしていましたが、意外にも返ってきたのはお褒めの言葉。あの瞬間、肩からごっそり（笑）力が抜けました。また、担当女史のS節が案外私にはトーンが柔らかかったことを最近某所で知り、上には上があるんだとドキドキしました。今後とも変わらぬご指導をなにとぞよろしくお願いします。

最後になりましたが、ここまで読んで下さった読者の皆さまにも厚く御礼を申し上げます。恋愛革命と銘打ったシリーズに作品が成長したのも、読者さまのおかげだと思っています。これからも全力投球でいきますので、どうぞ応援よろしくお願いします。

次回は来年の春頃、その恋愛革命シリーズの九巻目！　本編である潤と泰生のお話になる予定です。執筆どころかプロットもまだこれからなので、何の話を書こうかとワクワクしています。リクエストを募集します！　と言えたら本当に楽しいのですが…。

それでは、また次の作品でも皆さまとお会いできることを心より祈っております。

二〇一三年　露草の咲く頃　　青野ちなつ

初出一覧

魔王のツンデレ花嫁　／小説b-Boy' 11年4月号（リブレ出版刊）掲載
魔王のツンデレ子猫　／書き下ろし

B♥PRINCE
http://b-prince.com

B-PRINCE文庫をお買い上げいただきありがとうございます。
先生へのファンレターはこちらにお送りください。

〒162-0825
東京都新宿区神楽坂6-46　ローベル神楽坂ビル4階
リブレ出版(株)内　編集部

魔王《まおう》のツンデレ花嫁《はなよめ》
～恋愛革命《れんあいかくめい》ＥＸ.《エクストラ》～

発行　2013年11月7日　初版発行

著者｜青野ちなつ

発行者｜塚田正晃

出版企画・編集｜リブレ出版株式会社

プロデュース｜アスキー・メディアワークス
〒102-8584　東京都千代田区富士見1-8-19
☎03-5216-8377（編集）

発行｜株式会社KADOKAWA
〒102-8177　東京都千代田区富士見2-13-3
☎03-3238-8521（営業）

印刷・製本｜旭印刷株式会社

小社ホームページ　http://www.kadokawa.co.jp/

Printed in Japan
ISBN978-4-04-866044-0 C0193